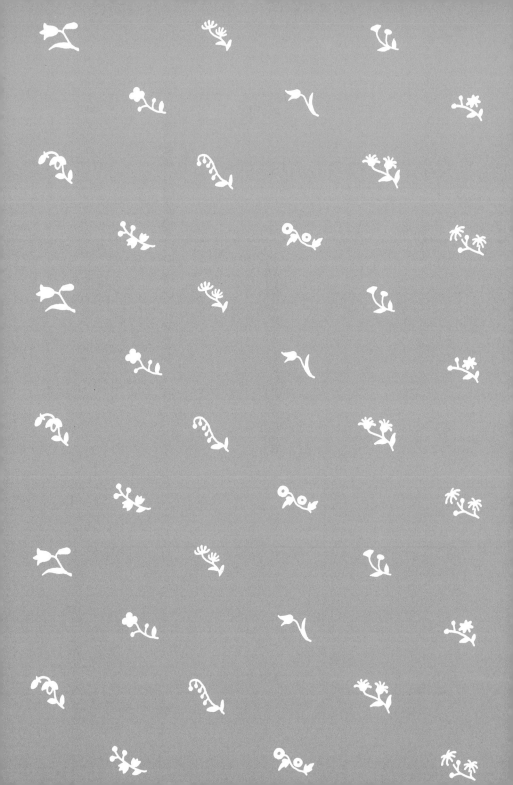

魔女の宅急便 2キキと新しい魔法

角野榮子——著　王蘊潔——譯　廣野多珂子——繪

目次

角野榮子給臺灣讀者的序

故事的起點

《魔女宅急便》的故事，要從女兒畫的一幅魔女畫說起。畫中的魔女乘著掃帚，在夜空飛行。掃帚的尾巴上坐著一隻黑貓，柄上掛著一臺收音機，收音機上飛出好多好多的音符。

女兒畫這幅畫時，正值十二歲。因此，我萌生了以年紀相仿的魔女為主角，寫個故事的念頭。

聽著收音機的音樂在空中飛行，想必是一件快意的事。我也想嘗試看看。寫著故事的當下，也同樣有了飛在空中的感覺！

這麼說來，畫中的魔女確實是在空中飛行。於是，我有了讓魔女當快遞送宅急便的想法。想到這裡，故事便開始動了起來。

首先，要決定登場角色的名字。最先定下名字的，是一直陪在魔女身邊的貓咪。過去我在巴西生活時，有一位叫做「喬喬」的朋友。我稍微改了一下他的名字，便成了「吉吉」。

另一方面，魔女的名字則遲遲無法定案。「吉吉」是由兩個發音相同的字組成，所以，我想再次使用同音字做為名字。途中考慮過「咪咪」、「卡卡」、「拉拉」等許多選項，但是都與我構思的魔女不相稱。就這樣，我每天不斷的思考，最後終於找到「琪琪」這個答案。實際念了一遍，就覺得再也沒有其他更合適的名字了。「琪琪」聽起來既可愛，又有一點魔女的味道，而且也很好記。

這一刻，琪琪喊出「榮子，請多指教！」，開始在天空飛行。我當然也追在後面，飛了起來。在撰寫故事的期間，我感覺自己真的飛在空中。若不這麼想，我可能沒辦法將天上的風是怎麼吹的，從空中俯瞰的城鎮模樣，描寫得讓人一看就能想像出畫面。

有時候到寬廣的原野上，我會張開雙手，躺到草地上仰望天空。每當我這麼做，便會覺得自己置身空中，甚至還能看見琪琪坐在掃帚上，在身旁一起飛行。《魔女宅急便》就是這樣開始的。

不過，琪琪才十三歲，還是個實習魔女。就算當快遞送東西，大家也不太信任她，甚至擔心自己的東西被掉包。

琪琪靠著開朗的個性，漸漸被居民接納。麵包店老闆娘索娜、蜻蜓等人都是她溫柔的依靠。

即使如此，其間還是發生許許多多的事。而琪琪總是發揮她的想像力一一克服。

我從小就很喜歡聽故事，喜歡讓心情隨著劇情時而緊張，時而興奮，期待後續如何發展。如果最後是能放下心來的圓滿結局，便如同經歷了一趟愉快的旅行，整個人也會很有精神。

每一篇故事都有種種「發現」，帶給人勇氣。

這些是我的親身經驗。所以，我也萌生寫這種故事的念頭。於是，全六冊，加上兩本特別篇的「魔女宅急便」系列就此誕生。

「我也要像琪琪一樣，帶著勇氣活下去！」如果你讀過琪琪的故事後，有了這樣的想法，我會非常開心。

再過不久，琪琪就要飛向臺灣的天空囉。希望你也翻開下一頁，跟著她一起飛行。

登場人物介紹

琪琪

因為修行而來到克里克城，今年十四歲，經營「魔女宅急便」的工作。

吉吉

琪琪的魔女貓，擁有莫名的直覺。雖然經常和琪琪鬥嘴，但總是默默守護著琪琪。

索娜太太

古喬爵麵包店老闆，個性開朗，是琪琪在克里克城第一個認識的人。

蜻蜓

飛行俱樂部的成員，不斷嘗試各種飛上天空的方式。非常羨慕琪琪會飛。

小亞

和姊姊茉莉一起住在森林裡，因為調皮又愛惡作劇，吉吉很怕他。

蜜蜜

琪琪的朋友，但琪琪私底下對蜜蜜抱著羨慕的心情。

馬爾可

克里克市立動物園裡的河馬，因為尾巴被吃掉了而鬱鬱寡歡。

1 琪琪，回到克里克城

十四年前，一個名叫琪琪的小女孩，出生在一片濃密的森林和綠草如茵的山丘圍繞的小城鎮裡。

這個小女孩有個小祕密，她的爸爸是普通人，而她的媽媽是魔女。所以，琪琪算是半個魔女。十歲時，琪琪立志像媽媽一樣，成為一名魔女。但她不會太厲害的魔法，只會用掃帚在天空飛。這個本領，她已經練得駕輕就熟了，每次都把黑貓吉吉放在掃帚，在空中翻筋斗。就算要在空中旋轉兩圈半，根本

也難不倒她。

黑貓吉吉出生後，就陪在琪琪身旁和她一起長大，吉吉完全不會魔法。不過，牠可以和琪琪說話聊天，也算是一種魔法吧。

琪琪的媽媽可琪莉夫人除了會用掃帚飛，還會製作噴嚏藥。可琪莉夫人的媽媽，也就是琪琪的外婆，還會其他魔法，比方說，讓便當不會變質的魔法就是其中之一。如今，魔法愈來愈弱，也愈來愈少了。有人說，這是因為現在已經沒有真正漆黑的夜晚，也沒有完全無聲的安靜，總是有地方亮著燈，隨時都會聽到聲音，使魔女的注意力分散，就無法好好運用這些魔法了。琪琪的爸爸歐其諾是民俗學家，專門研究有關精靈和魔女的歷史和傳說，他覺得或許有一天，消失的魔法會失而復得……

魔女在十三歲那年，要選擇一個滿月之夜，啟程展開修行之旅。必須離開從小生活的家，尋找一個沒有魔女的城市或村莊，運用自己的能力，學會獨立生活。這個規定很重要，為了讓人們知道世界上還有魔女存在。這個故事的主人翁魔女琪琪也在一年前展開了修行之旅。她找到了位在海邊的大城市克里克城，落腳之後，開了一家魔女宅急便。這一年來，琪琪遇到了許多悲傷的事、驚訝的事和興奮的事，也經歷了

各式各樣的考驗。她幫忙快遞的東西也五花八門，有看得到的，也有看不到的。她順利過了一年這樣的生活，終於可以回家探親了。

此刻，琪琪和吉吉正在返回克里克城的路上。掃帚順利的在天空中飛翔。

「你看，吉吉，快看，克里克城到了。」

琪琪指著前方。在夕陽西沉的一片淡紫色天空前方，出現了克里克城的輪廓。應該是鐘樓最先亮起燈光吧。離開這座城市才短短幾天，那條馬路、那個轉角、那個屋頂的形狀和曾經遇過的人，都一下子浮現在她眼前，懷念的感覺頓時湧上琪琪的心頭。

「我覺得，一年前剛來這裡時，我還是個

魔女寶寶。」
「是嗎？」坐在掃帚尾上的吉吉咂著舌頭嘀咕著。
「啊，你說什麼？」
「沒什麼……只是覺得哪有差那麼多？」
「吉吉，你真是壞心眼。」
琪琪坐直身子，加快了速度。
夕陽躲進大海後方。灰暗的天空中，出現了像漂亮女人眉毛般的彎月。
「那天是滿月，但今天的月亮變得這麼細。」
「好像幽靈一樣。」吉吉說。
琪琪壓低掃帚柄，開始慢慢下降。遠離城市的這一帶已經變得漆黑，樹葉茂密的樹林好像一整排黑色的妖怪。
「啊，痛，好痛。」
琪琪突然叫了起來。好像有什麼東西打到了她的腳。
「唉喲。」

吉吉縮了縮脖子。

「好像有東西從我臉旁飛了過去。」

「刺刺痛痛的，不知道怎麼了？」

琪琪趕緊向右掉頭，往下一看，有一團白色影子在高高的樹枝上左搖右晃。不一會兒，又有東西飛了過來。

「啊，好痛。」

琪琪忍不住用雙手捂住臉，掃帚突然往下掉。放在行李中準備送好朋友蜻蜓的鈴鐺叮叮噹噹的響了起來。

「喵嗚——」

吉吉慘叫一聲。琪琪拚命想重新抓住掃帚柄，掃帚卻筆直衝向地面，停不下來。

「這裡、這裡，趕快抓住樹枝。」

吉吉懸空抓住琪琪的裙子，大聲叫了起來。琪琪的手亂抓一通，一碰到樹枝，就隨手抓了一把。琪琪倒掛在樹上，就像馬戲團在表演盪鞦韆。

「啊，太棒了，太棒了。」

頭上傳來叫聲。抬頭一看，穿著白色睡衣的小男孩也和他們一樣倒掛在樹上晃來晃去，探頭看著他們。

「姊姊，我抓到了。」

小男孩又大聲叫了起來，下面亮起朦朧的燈光，一幢靠著這棵大樹建造的小屋打開了門，從裡面走出一個女孩。

「好了，你又在胡說八道了，別鬧了。」

「我抓到了大蝙蝠和小蝙蝠，妳看嘛。」

蝙蝠？琪琪納悶的東張西望，剛好和抬頭張望的女孩四目相對。女孩的年紀和琪琪差不多，一看到他們，頓時愣住了，渾身緊張起來。

「妳好！」

琪琪看著下面，無可奈何的打著招呼。

「雖然我倒掛在樹上，但可不是蝙蝠。」

女孩心領神會的點了點頭。

「騙人，就是蝙蝠。妳一定是蝙蝠變的，不然怎麼全身都是黑的？」小男孩搖晃著樹枝反問道。

「啊，拜託你別搖了。」

琪琪話音未落，手上抓著的樹枝就「啪」的一聲斷了，琪琪和吉吉應聲跌到地上。琪琪頓時覺得屁股好痛，吉吉張大眼睛，躺在一旁。

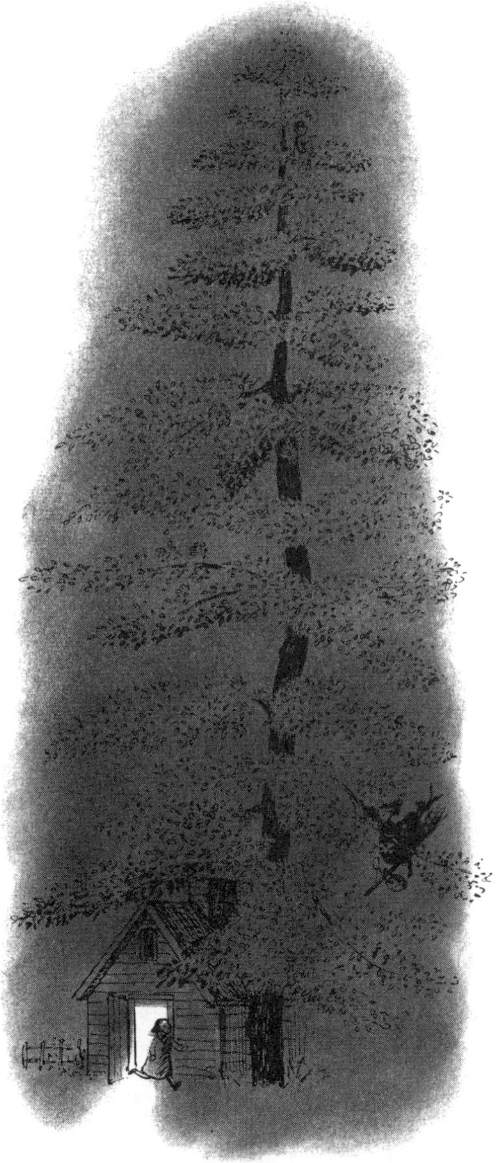

「吉吉、吉吉。」

琪琪慌忙抱起了吉吉，扯到牠的鬍子。吉吉重重的嘆了一口氣。

「妳沒事吧？」女孩戰戰兢兢的探頭問道。

「嗯，還好啦。」

琪琪扶著摔痛的腰，好不容易才站了起來，「我……」她的話還沒說完，女孩就搶先說：「我知道！妳就是城裡那個很有名的魔女小姐。」

琪琪點點頭，女孩的整個表情都亮了起來。

「我聽城裡來的人說，妳開了一家『魔女宅急便』，對嗎？聽說妳飛行的樣子很帥氣。」

這時，她看著灰頭土臉的琪琪，露出疑惑的表情。

「但妳剛才跌下來了嗎？」

「好像是這麼回事。」

琪琪氣鼓鼓的拍著裙子上的泥土。

「姊姊，我打中了，很厲害吧？」

男孩的聲音又從頭上傳來。女孩抬頭一看，立刻嚇得發抖。

「小亞，不能爬那麼高。啊，太危險了，你不要動……」

「沒事，沒事。」

男孩逞英雄般拉著一根更高的樹枝。

「離月亮好近，離月亮好近。」

男孩高舉雙手，一邊唱歌，一邊故意搖晃身體。他手上拿著的彈弓閃了一下。樹枝前後左右用力搖擺著。

「啊，怎麼辦？樹枝快斷了，他快掉下來了。」

「別著急，我是宅急便，會先把這個小搗蛋送到妳手上。」琪琪笑了笑說：「只是，在這裡沒辦法飛得很帥氣……」

說著說著就騎上掃帚，「呼——」的一聲飛了上去，一口氣飛到樹頂，抓起正在樹上搖晃的男孩的睡褲，把他拉了起來。

「不要，住手。」

男孩拚命踢著雙腳。

「姊姊，蝙蝠會吃掉我。」

「我都說了，我不是蝙蝠。」琪琪一邊像樹葉般輕巧的往下飛，一邊說道。

「但妳不是一身黑嗎？趕快把月亮公公變圓，恢復原來的樣子。」

「啊？月亮公公？恢復？你怎麼老是說一些莫名其妙的話？」

琪琪轉頭看著女孩。

「對、不、起。」

女孩縮了縮脖子。

「小亞是我弟弟……他很喜歡月亮公公，尤其是滿月的月亮公公……但月亮公公有圓有缺，有時候也會消失不見。結果，他就整天吵個不停，問月亮公公為什麼不見了？為什麼不見了？真是受不了他。昨天，他看著天空，說月亮公公變得那麼細，就快哭出來了。所以，我就靈機一動，說是被一隻很大的蝙蝠藏起來了。」

「因為這樣，他剛才用小石頭打我。」

琪琪摸著滲血的腳。

「嗚——」

吉吉哭著豎起尾巴。

「啊，不得了，你的尾巴彎掉了！」

女孩彎下身體，滿臉歉意的摸著吉吉的尾巴。

「快把月亮公公變出來。」

小亞用力拉著琪琪的裙子。

「妳看，他又來了。」

女孩聳了聳肩膀。

「我們的爸爸和媽媽出去工作了，照理說，我應該要有姊姊的樣子，給他一個正確的答案……如果是附近的花草，我還可以說出點名堂……但天上的事，而且，又是這麼的遠、這麼大的月亮的事，我根本不知道。奶奶來我家時，還曾經哄他說，月亮公是起司做的，所以被老鼠吃掉了。小亞就說，老鼠才不可能飛那麼高……他在這種地方，倒真的很聰明……」

「聽我說，」琪琪看著小亞說：「我聽說，月亮公公去天空中的山裡散步時，就會變小……」

「噢——」

小亞抬頭仰望天空。

「小亞，要不要請這位一身黑的蝙蝠姊姊飛到月亮上，叫月亮公公趕快回來，說小亞在等他？」

「真的嗎？妳會幫我和月亮公公約定嗎？」

「好，那就把小亞的握手帶給月亮公公，作為約定的記號好不好？」

「哇，太好了。」

「那，你趕快和姊姊握手……」

琪琪伸出手，小亞用力握著琪琪的手，說：「妳要告訴圓圓的月亮公公，記得趕快回來。」

「好。」

「魔女小姐，謝謝妳，妳真是幫了大忙，我太感動了。」

女孩鬆了一口氣似的露出笑容。

「那我走囉。」

琪琪再次騎上掃帚。吉吉慌忙跳上去，掃帚很快的升起來，一下子就飛到樹上。

「再見。」

琪琪擺好姿勢，把掃帚向著天空。

這時，又聽到小亞大聲叫了起來：「啊，對了，會飛的姊姊，妳說要送我的握手給月亮公公，但月亮公公有手嗎？」

「嗯……我、我找找看。」

「如果找不到，就握一握那條細細的尾巴。」

「啊？那是尾巴嗎？」

琪琪抬起頭，看著一勾彎月。這時，又聽到小亞的聲音。

「真好，貓咪也有尾巴，可以晃來晃去。姊姊、姊姊，為什麼貓咪有尾巴，我卻沒有？」

「呃，為什麼呢……啊，我知道了，可能是因為貓咪總是乖乖聽話吧？」

琪琪停下了掃帚。

「小亞，可以了，我們趕快回家睡覺吧。」

女孩拉著小亞的手。

「再見囉。」

琪琪笑著，迅速增加高度，朝月亮飛去。

「好了，要去和月亮握握手了。」

琪琪說著，對著黑暗天空中一勾皎潔的彎月，高高舉起右手，大聲叫著：「來，月亮公公，我們來握握手吧。」

只見她愈飛愈高，當來到空氣驟然變冷的高度時，用力搖了兩次手。

「我把小亞的握手送到囉。」說完，才開始慢慢下降。

「琪琪，」身後響起吉吉很嚴肅的聲音。「妳怎麼可以騙那麼小的孩子？其實，妳根本沒辦法跟月亮握手吧……」

「你為什麼說我騙人呢？」
「因為，妳根本沒辦法去月亮啊。」
「是嗎？我的心意早就飛上月亮了……」
「但還是沒辦法跟月亮握手啊。」
「吉吉，雖然你這麼說沒錯，但有時候，謊言可以讓人變得有精神。」

吉吉正想回些什麼，琪琪趕緊說：「趕快回索娜太太家吧。」
「對了，琪琪，為什麼晚上的時候，天會暗下來？為什麼？」
「真受不了你，你這個有樣學樣的壞貓。嗯，這個嘛，可能是天空在眨眼睛吧。」
「喔，天空……天空有眼睛嗎？」
吉吉眯著眼，抬頭仰望天空。
琪琪也跟著仰望天空，看到像眉毛般的彎月好像眼睛般眨了一下，輕輕打了一個噴嚏。
「啊喲、啊喲、啊喲，琪琪，原來是妳。」
索娜太太打開門，搖晃著胖胖的身體說話。然後，壓低聲音問：「是琪琪回來了，真的嗎？」
「對啊，我把自己送回克里克城了。」琪琪點著頭。
「喔，真是太令人高興了。」
索娜太太握住琪琪的手，用力往裡拉。

「來，快進來、快進來。」

裡面充滿熟悉的麵包味道。

「嘿，妳回來了。我們在等妳呢！」

索娜太太的先生說道。他正在桌上揉麵團，可能在為明天早上做準備吧。

盤子上放著琪琪最愛吃的紅豆麵包和檸檬麵包。

「小寶寶還好嗎？」琪琪問。

「剛剛睡著，所以，我們才能靜下心來做事。」索娜太太指著二樓說：「而且呀，他已經不是小寶寶了，前幾天突然學會走路了。整天調皮搗蛋，害我們一點都不能鬆懈。」

索娜太太一邊說著，一邊看著琪琪。

「琪琪，妳怎麼這麼狼狽？臉上都是泥巴……唉喲喲，頭髮還沾到了樹葉……唉喲唉喲，吉吉的尾巴怎麼了？怎麼彎成了L形？」

「哈，對啊。索娜太太，家裡有ＯＫ繃嗎？妳看。」

琪琪拉起裙子。

「啊，流血了。」

「一個小搗蛋爬到樹上，拿彈弓打我們。在樹林裡……」

「小搗蛋？」

索娜太太慌忙看看樓上。

「不用擔心，是別人家的小搗蛋。」

琪琪忍不住笑了出來。

索娜太太誇張的摸了摸胸口，從架子上拿起藥箱。

「琪琪的傷口只要消毒、擦藥就好了，問題是……吉吉的尾巴。又不能用熨斗燙平……啊，對了，或許可以在睡覺的時候壓一壓。今天晚上，就用爸爸的大枕頭壓住尾巴好了。」

索娜太太俐落的打開藥箱蓋子。吉吉沮喪的回頭看著自己的尾巴。

「話說回來，真是一路辛苦啊，很有琪琪的風格。」

「對啊，看來，第二年也會很熱鬧。」

琪琪縮了縮脖子。

2 琪琪，送河馬去看病

鈴鈴鈴鈴、鈴鈴鈴鈴。

電話響了。

「媽媽，拜託妳接一下電話。」

琪琪鑽進被子，大聲叫著。

「喂，妳還在撒嬌啊，這裡哪有媽媽？」

吉吉用爪子掀起被子的一角。

鈴鈴鈴鈴、鈴鈴鈴鈴。

電話鈴聲繼續響個不停。

琪琪再度探出臉，甩了甩頭。

「咦，這是哪裡？」

她一邊用沒睡醒的聲音問，一邊急忙忙衝下樓，接起電話。

「是，是……對，對，是魔女……妳說什麼？尾巴？」琪琪驚訝的叫了起來。

擠在一旁的吉吉耳朵動了一下，慌忙轉頭看了看昨天弄彎的尾巴。多虧了索娜太太拿來的枕頭，讓原本呈L形的尾巴變成了く形，吉吉不禁鬆了一口氣。

「好，我馬上趕到。」

琪琪突然爽快的答應，放下話筒。

「誰的尾巴？」

「河馬的尾巴。動物園有事找我。」

「要送尾巴嗎？」

「不知道，去看了才知道。你要去嗎？」

「當然。」

吉吉跳了起來，大聲對琪琪叫道。

克里克城市立動物園位在大河對岸的小山丘上。動物園裡有許多不同形狀的小房子，屋頂上分別雕著住在小房子裡的動物的模樣。琪琪很快就找到了河馬的房子。小房子前有一座水池，蹲在池畔注視著水中的女人看見琪琪，抬起了頭。

「啊，魔女小姐，我在等妳。這裡、在這裡。妳來看看。」

女人拉著琪琪，指著水池。水池裡有一隻大河馬和一隻小河馬，只有鼻孔和耳朵像水漂兒般露出水面。

「小河馬馬爾可和河馬媽媽特爾可從早上開始就躲在水裡不出來。對，我是飼養員瑪瑪。這是我的本名，妳不要笑。」

瑪瑪一邊說著一邊站了起來，雖然有點失禮，但她胖乎乎的模樣，很像是河馬的媽媽。瑪瑪悄悄戳了戳琪琪的手，小聲的說：「我告訴妳，隔壁的麼哞麼哞。」

「啊，隔壁怎麼了？」琪琪大聲問道。

「噓！」瑪瑪把嘴湊到琪琪耳朵旁，用比剛才更輕的聲音說：「看看隔壁的獅子

在幹什麼？不要盯著牠，不過，可以偷偷看一下。」
琪琪露出納悶的表情。
一下子叫我不要看，一下子又要我看，真是奇怪……
琪琪假裝若無其事的瞥了隔壁籠子一眼。就在這時，原本看起來正在睡覺的獅子突然張開眼睛，和琪琪對望了一眼。
「牠看到我了。」
琪琪向瑪瑪咬耳朵。
「果然，牠也很擔心……來、來，我跟妳說。」
瑪瑪拉著琪琪的手，走到小房子後方。
「牠把馬爾可的尾巴給吃掉了。」
「但牠還是隻小獅子啊。」
「對……牠剛好在長牙，覺得牙齒癢，馬爾可牠們又在牠面前晃來晃去。那幾頭獅子總是心神不寧的，早知道就該讓牠們好好出去跑一跑、散散心……那天，馬爾可的尾巴剛好甩進獅子的籠子……結果，就被牠一口咬掉了。」

「哇，牠一定很痛。」

吉吉忍不住渾身抖了一下。

「我想，絕對很痛。我幫牠做了澈底的治療，現在應該已經不痛了。所以，照理說，馬爾可應該不用再介意尾巴的事了……可是牠卻開始鬧彆扭。」

瑪瑪擦掉鼻子上的汗水。

「但是，尾巴很重要啊。」

「好像是。別看尾巴才那麼一點點，對馬爾可來說，雖然尾巴是屬於牠的，但被那個大屁股擋住了，牠自己從來沒看過。結果，一旦沒了尾巴，牠就開始鬧脾氣。連牠的媽媽特爾可也跟著牠一起沮喪，躲在水裡不肯出來。一直待在水裡，也不吃東西，這樣身體可能會出問題。」

「喔。」

琪琪頗有感觸的看著馬爾可，然後，問了問此時正一臉擔心的在她腳下徘徊的吉吉：「尾巴這麼重要嗎？」吉吉一言不發的豎起自己的尾巴。不知道是否聽到了琪琪他們的談話，水池裡的馬爾可和特爾可的耳朵不停的動來動去。

「我告訴馬爾可，尾巴沒那麼重要，不需要為看不到的東西愛面子，不需要為摸不到的東西傷神。但問題好像沒這麼簡單……」瑪瑪轉過頭，用溫柔的聲音對馬爾可說：「你放心吧，魔女小姐來幫忙了。」

「不行，雖然我是魔女，但是我……不會幫河馬長尾巴呀。」

琪琪搖著頭，一步步往後退。

「我知道，我知道啦。妳的魔法是可以飛上天空，對吧？」

瑪瑪不停的點頭。

「而且妳是宅急便，可以幫我快遞吧？」

「啊？不會吧!?」

「沒錯，妳猜對了。我想請妳載馬爾可。」

「……」

琪琪張大嘴巴，說不出話。

「而且，希望妳可以盡快。」

「……」

琪琪驚訝的吞了口口水。

「要搬……那麼重的東西嗎？」

「我聽說，妳可以送任何東西，連看不到的東西也難不倒妳，而且，妳的速度特別快。所以，應該沒有限制大小和重量吧？」

瑪瑪看著琪琪的臉。

「魔女小姐，我沒有和妳開玩笑。我打聽過了，馬爾可並不是因為沒有尾巴受到打擊，才會鬧脾氣。牠真的生病了。因為失去尾巴而引起了身心的中心點不知去向病。」

「啊，有這種疾病嗎？」

「聽說是這樣。如果嚴重的話，甚至會搞不清楚自己是誰。所以，要趕快送去看醫生。」

「既然這樣，請醫生來這裡出診不就好了？」

「問題是……這一帶，只有附近的伊諾城，才有獸醫在研究這種怪毛病。雖說是附近，也有二百公里遠。我打電話問過了，結果，那位醫生，啊，他叫石醫生，在電話裡說，他那裡忙得分身乏術……聽說亂成一團了。石醫生說，不是有一位送宅急便的魔女嗎？請魔女送馬爾可過去，他就可以幫忙治好。還說不能用貨車和火車，魔女小姐，是石醫生指名找妳去的喔。」

「即使是這樣……」琪琪嘀咕著。

「不好意思，沒時間了。馬爾可和特爾可整天泡在水裡，對傷口不好，而且，身上可能會因此長黴菌。黴菌很可怕，會鑽進身體裡面。」

琪琪愈聽愈覺得身體發熱。怎麼辦？怎麼辦？這句話在身體裡竄來竄去。琪琪看著水池裡的馬爾可，牠露出水面的眼睛不安的眨啊眨。中心點不知去向病……琪琪第一次聽說這種病，光聽這個名字，就知道是一種會產生極大不安的疾病。

人們看到魔女琪琪拿著掃帚，帶著黑貓，在河馬的籠子裡和飼養員說話，紛紛好奇的圍了過來，想知道到底發生了什麼事。

「喂，魔女小姐，這次要帶河馬一起飛嗎？」有人問道。

琪琪愈來愈著急。

「雖然是小河馬，但應該還是很重吧？」琪琪誠惶誠恐的問。

「對，差不多一百公斤左右吧。」

「啊？一百公斤……」

琪琪忍不住抖了一下，看著自己的掃帚。帚柄只有食指和大拇指圍起來那麼粗。

不過，是我在飛，而不是掃帚。我是魔女，應該沒問題。

琪琪努力說服自己。她用力握緊掃帚，希望可以更有力量。

「馬爾可，馬爾可。」瑪瑪叫著馬爾可，蹲在水池旁。「聽我說，這位姊姊要帶你去把痛痛治好。」

這時，水池的水動了一下，泛起一陣漣漪。

「等、等一下。」

琪琪慌忙走了過去，瑪瑪用手制止琪琪。

「噓！馬爾可出來了。」

馬爾可搖搖晃晃的往池畔走來。牠的身體斜斜的，龐大的身體歪歪斜斜的晃動著。看來，果然是得了身心中心點不知去向病，碩大的屁股上貼了一塊ＯＫ繃，圍觀的人一看到，頓時齊聲大笑起來。

「馬爾可，不要放在心上。你也想趕快把病治好吧？真乖、真乖。」

瑪瑪拍著馬爾可的背，看向琪琪。

「魔女小姐，妳要怎麼送馬爾可過去？總不能抱著牠飛吧？」

「牠會不會大吵大鬧？」

「有時候……會吵鬧一下……」

瑪瑪還沒說完，就看到琪琪掛在掃帚上的收音機。

「對了，或許可以給牠聽聽音樂。動物好像都喜歡聽悅耳的音樂。」

琪琪「啪」的打開收音機的開關，立刻傳來悠揚的音樂。馬爾可乖乖的站在原地，耳朵一抖一抖的。跟著牠走出水池的特爾可也靜了下來。隔壁的獅子狀似擔心的把臉貼在籠子上觀察著，或許是知道自己做錯了事。

琪琪環顧四周，問：「有沒有那種大大的吊床之類的東西？」

「剛好有個合適的，上次長頸鹿脖子扭傷的時候用過……妳等我一下。」

瑪瑪走出圍籬，不一會兒，拖著一個很大的吊床走回來。然後，攤在地上，說：

「馬爾可，坐上去吧，幸好你還是個小嬰兒。」

馬爾可又東搖西擺的搖晃著，走到吊床上躺了下來，打了一個大呵欠。

「哇，牠真聰明。」

圍觀的人叫了起來。瑪瑪似乎鬆了一口氣，握著雙手說：「太好了，現在，最好關掉收音機，保持安靜。」

琪琪關了收音機，拿掃帚柄穿過吊床的兩端。

「不知道能不能抬起來？」

琪琪擔心的跨上掃帚。

「啊，等一下。」

瑪瑪拎著放在一旁的水桶，從水池裡舀了一桶水，淋在馬爾可身上。

「河馬喜歡身體溼溼的。妳看，這孩子已經睡著了。太聽話了，真是可愛。咦，貓咪，你怎麼辦？不趕快坐上去就來不及了。」

吉吉抖了一下身體，跳上馬爾可的背，自言自語的嘀咕著：「貓可不喜歡身體溼溼的。」

牠一臉不耐的甩著腳，把水抖掉。

「那我出發了。」

琪琪蹲了下來，然後用力一踢。

「啊——！」

圍觀的人叫了起來。掃帚搖搖晃晃，但還是飛了起來。吊床一下子就被拉直了，滑行了一下，終於把馬爾可吊了起來。

「哇噢！」

圍觀的人也跟著激動起來。

琪琪驚訝的低著頭，看著瑪瑪。

「比想像中輕多了，簡直難以置信。」

「真的嗎？難道馬爾可一天就變瘦了？不會吧？真令人擔心，趕快帶去給石醫生看看吧。」

瑪瑪揮著手，好像自己也很想跟著一起飛。琪琪抬起頭，又慌忙低頭問：「我還不知道要去哪裡。」

「啊，對不起。那裡叫伊諾城。朝東越過兩條河，有一座被山包圍的城市。城市中央有兩個連在一起的沼澤，石醫生的動物醫院在北端。妳一看就知道了。」

「那我走了。」

琪琪舉起一隻手道別後，飛得更高了，隨即朝東方飛去。

飼養員瑪瑪說的沒錯，過了兩條大河，低空飛過兩座連綿的山，就看到在山坡下面，有兩個連在一起的沼澤。沼澤映照著藍天，以及像嬰兒臉上的毛般聚集在一起的柔軟的雲，感覺特別耀眼，從高空看下去，好像是一副放在地上的眼鏡。

「就在那裡。伊諾城雖然很小，但好漂亮。」

「太好了，終於到了。先別管風景了，趕快下去吧。馬爾可的身體早就乾掉了。」

坐在馬爾可背上的吉吉說。

「真的嗎？那馬爾可現在怎麼樣？」

「不知道。牠一直閉著眼睛。把牠丟進那個沼澤，牠應該會醒吧。」

「哇，吉吉，馬爾可是病患耶，你怎麼一點都不體貼。」

「是嗎？我覺得，這比送牠去醫院有用。」

「也對，這裡的沼澤真漂亮。」

在他們說話的時候，已經離伊諾城愈來愈近。沼澤周圍的泥巴路上種了許多好像琪琪的掃帚倒豎般的高樹，形成了步道。房子和商店都圍繞在步道的周圍。

「咦!?」琪琪叫了一聲，探出身體。

「那裡應該就是動物醫院了，但好奇怪，到底怎麼了……」

在沼澤的北側，有好幾座小屋聚集在一起。最大的小屋屋頂上，五、六個穿著白袍的人抱在一起，大聲喧嘩著。

難道這就是瑪瑪所說的「忙成一團」嗎？

琪琪飛過去，雙手在嘴邊做成喇叭的形狀，大聲叫了起來：「請問這裡是動物醫院嗎？」

但所有人都看著地面大聲喧嘩著。琪琪靠近屋頂，再度大叫：「這裡是動物醫院嗎？請問石醫生在嗎？」

這時，一個男人抬起頭，但立刻從屋頂的斜面滑了下去，他趕緊抓穩。

「妳是魔女小姐吧……對，就是這裡……」

「你是石醫生嗎？」

男人用力點頭。

「妳來得正是時候、來得正是時候，再過來一點。」

說著，石醫生鬆開抓著屋頂的手，戰戰兢兢的向她揮了揮。

「克里克城動物園應該打過電話給你，我送河馬馬爾可來了……」琪琪大聲叫著。

石醫生指了指隔壁房子的屋頂說：「先把病患掛在隔壁的屋頂上，妳快來這裡，快過來。」

「掛在那裡太可憐了。牠長途跋涉來到這裡，要讓牠趕快躺下來休息。」

「我知道，但現在不行。病患沒問題，我是醫生，我可以向妳保證，放心吧。妳快到這裡來，趕快！」

琪琪很不甘願的把馬爾可連同吊床掛在尖尖的屋頂上，有點擔心的說：「要乖喔。」然後飛到隔壁的屋頂上去。

這時，不知道從哪裡傳來「咚咚咚咚」像地鳴般的巨響。琪琪低頭一看，一頭大象發瘋似的橫衝直撞。牠的長鼻子頂向天空，瘋狂的亂甩，耳朵像被大風吹動的門一樣前後擺動，正以驚人的速度在醫院狹窄的通道上狂奔亂跑。大象龐大的身軀用力撞到轉角處，差點彈了出去，但牠仍然繼續向前衝。

「那是我的病患。」

「牠的體力不是很好嗎？」

「是啊，但有點好過頭了。今天早上還奄奄一息的，上午幫牠量體溫時，突然衝了出去，結果就變成這樣了。我們也好不容易才逃上來避難。」

石醫生歎了口氣，看著琪琪。

「雖然不能說是千載難逢的好機會，剛好你們動物園裡的河馬身體出了狀況，所以我就拜託他們，請妳過來。我想，妳一定可以用魔法收服那頭悍象，把牠帶回病房。」

「什麼？那頭大象？」

琪琪驚訝得跳了起來，沒想到送完河馬後，還要對付大象！

「妳不是魔女嗎……」石醫生說。

琪琪不由得閉上嘴巴。因為，世界上有很多人都和這位醫生一樣，以為魔女無所不能。如果可以在這些人面前，把河流拿起來打一個結，或是讓整座山飄向空中，不知道有多麼痛快。但是，有這麼大能耐的魔女，在很久很久以前就銷聲匿跡了。

「快，那就拜託妳了。」石醫生慌張的繼續說道。

琪琪不服輸的個性蠢蠢欲動。她眼睛一亮，立刻飛了起來。

差點被丟下的吉吉拚命抓住掃帚的尾巴。琪琪直直飛到醫院門口，打開門閂，拉開醫院的門，然後又飛了回來。

「喵嗚——」

「大象跑出去怎麼辦？」

琪琪不顧石醫生大聲叫了起來，繼續在空中飛，漸漸靠近正穿過醫院後院、在房子之間的小路上橫衝直撞的大象。然後，飛在高高舉起長鼻子的大象面前，挑釁的大叫：「來啊，跑吧，盡情的跑吧。」

大象興奮的吼叫著，速度愈來愈快，琪琪也加快了速度，以免被大象追上。琪琪和大象好像在比賽，爭先恐後穿過剛才琪琪打開的大門，衝出了醫院，衝上沼澤周圍的步道。樹木搖曳，沼澤的水泛起漣漪。正在散步的人們慌忙躲到樹後，原本在家裡的人們則紛紛衝了出來。

「啊、啊啊，怎麼會這樣！」

屋頂上的石醫生雙手掩面。

「沒關係，跑吧，想跑多久，就跑多久。」

琪琪再度挑釁的向大象揮手。大象繼續跑，琪琪也繼續飛。沿途塵土飛揚，大象已經沿著沼澤繞了三圈。雖然很難以察覺，但大象似乎放慢了速度。琪琪想起瑪瑪說，動物都很喜歡音樂，於是伸手打開收音機的開關。幸運的是，收音機剛好在播放愉快的音樂。

答啦答　答啦答

是華爾滋。

大象的鼻子也開始答啦答、答啦答的甩了起來，

腳下的速度自然而然放慢了。

答啦答　答拉答

琪琪也隨著音樂在空中翩翩起舞。

答啦答　答啦答　答啦答　答啦答

大象瞇起眼睛，好像在笑。原本在一旁圍觀的人也跟了上來。

答啦答　答啦答

大家好像在跳運動會上的集體舞，每個人都興高

采烈的圍著沼澤繞了一圈後，進了醫院大門。之後，大象竟然乖乖進了自己的籠子。

「護士小姐，趕快去看看大象，好像有點不太對勁。牠突然安靜下來，可能經過激烈運動後，病情更加惡化了。」石醫生戰戰兢兢的站在屋頂上，用嘶啞的聲音大叫著。

琪琪累得筋疲力盡，一屁股坐在大象的籠子前。抬頭一看，發現馬爾可仍然掛在屋頂上。可能是心理作用的關係，馬爾可顯得渾身無力，好像昏過去了。琪琪大吃一驚，趕緊站了起來。

「醫生、石醫生，麻煩你看一下馬爾可，你怎麼可以忘記牠？」

「啊，不好意思，我真的忘了。」石醫生慌張的說。

琪琪騎在掃帚上飛了起來，把馬爾可掛在掃帚上，再輕輕放到地面。馬爾可走出吊床，又像原來一樣，搖搖晃晃的走了幾步。

「哇噢，真的找不到中心。」

石醫生說著，撕下了馬爾可屁股上的ＯＫ繃。

「哇，還真的不見了，牠的尾巴呢？」

「被獅子……」

「我知道，我是問被咬下來的尾巴去了哪裡？」

「應該還在獅子的肚子裡吧。」

「真是頭笨獅子，那種東西有什麼好吃的？」石醫生大剌剌的說。

「過來一下，過來一下。」

石醫生又把琪琪拉到牆角。

「不能被馬爾可聽到，如果牠對病情了解太多，病就不容易治好……既然牠原來的尾巴不見了，只能找一個替代品了。」

「啊？要幫牠裝上去嗎？」

「噓！不能被牠聽到。我一定會找一條漂亮的尾巴給牠，不過，那只是替代品，是條假尾巴，只能請牠忍耐了。」

「……」

琪琪偏著頭。

「有沒有聽說過假牙？這也一樣。」

石醫生說著，不知道跑哪兒去了。不一會兒，拿了醫生包和一條十公分左右的尾巴，不知道是什麼東西的毛，還綁成辮子狀。

然後，他悄悄繞到馬爾可身後，一邊說：「尾巴長回來了，和以前完全一樣喔。」一邊從醫生包裡拿出一個大釘書機，「喀嚓」一聲，把辮子形狀的尾巴釘在馬爾可尾巴的位置上。馬爾可的身體抖了一下，然後，穩穩當當的走了起來，好像什麼事都沒發生似的。

「看吧，治好了，治好了。」石醫生驕傲的挺著胸膛，回頭小聲的對琪琪說。

「可能是因為重量的微妙關係。別輕忽這麼小小一條尾巴。有時候，尾巴可能是生命的象徵。」

「生命的象徵？」

「對，讓人覺得活著是一件很美好的事，會讓人眼前一亮。好了，妳可以帶牠回去了。」

「謝謝你。」

「不，我才要謝謝妳讓大象重回籠子。真不愧……是魔女。」

石醫生鞠躬道謝。

護士跑了過來。

「醫生，太奇怪了，大象的病好像好了。」

「什麼？那麼頑固的神經性甩鼻病竟然好了？」

「對，牠已經不甩鼻子了。」

「是因為剛才跑了好幾圈的關係嗎……」

「好像是這樣。」

琪琪走到醫生的身旁問：「醫生，那個釘書針不用拆嗎？」

「喔，那個喔，那是特殊的釘書針，過了十天左右就會自動消失。那時候，牠的病就已經好了。」

「喔？是嗎？」

「不是我自誇，這可是最先進的醫學技術。老實說，要用其他東西代替尾巴，裝上去並不容易。不過啊，要讓病患以為

尾巴恢復原狀，已經好了，這點很重要。俗話不是說，『病由心生』嗎？所以，醫生也稍微變了一點小魔法……魔女小姐，大象的病竟然好了。妳剛才說，妳不會用魔法，我看……應該是偷偷用了魔法吧。別隱瞞了，趕快告訴我吧。」

「醫生，不要以為魔女無所不能。一旦你這麼認定，我會很痛苦。因為，我和一般人沒什麼兩樣。別看大象那麼龐大，整天把牠關起來未免太可憐了。既然牠的病好了，不久就會送回動物園吧。希望醫生可以建議動物園，讓大象有多一點自由活動的機會。就像馬爾可的尾巴一樣，讓大象感覺隨時都可以活動，這種心情很重要。」

琪琪覺得自己的心跳得好快。

她很少這樣直言不諱的說出自己的想法。

「嗯，原來如此。」

石醫生用力點了兩次頭。

「那麼，再見了。」

琪琪和來的時候一樣，把馬爾可掛在掃帚上飛了起來。不知道為什麼，馬爾可突然變重了，比來的時候重了好幾倍，但她還是努力飛了起來。

「醫生，好奇怪，馬爾可突然變重了。」

「不用擔心。這代表牠身體的中心很穩定，馬爾可找回了自己。身體變重，是牠的病已經好轉的證據，牠沒問題了。」

「嗯。」

琪琪有一種不可思議的感覺。

「找回自己……就會……變重……？」

琪琪帶著馬爾可，順利回到克里克城的動物園。

河馬媽媽特爾可納悶的打量著馬爾可的尾巴，但看到馬爾可恢復了精神，也就放心了。牠們並肩繞著池畔行走。

回到克里克城後的第一項工作順利完成了，琪琪很高興，也跟著馬爾可牠們在水池旁繞行一周。飼養員瑪瑪說，琪琪可以坐在她喜歡的動物身上，作為這次工作的謝禮。琪琪考慮了很久，最後決定坐在海豹的鼻子上。當然，吉吉也一起坐了上去。

那天晚上，吉吉一直原地打轉，追著自己的尾巴跑。

「吉吉，你在幹麼？尾巴很癢嗎？」

「不是。」

「那你安靜啦，我有點累了。」

「我想抓住我的尾巴，因為，這是我生命的象燈。」

「啊，你說什麼？象燈是什麼？」

「醫生不是說了，會眼前一亮。」

「哈，原來你是說生命的象徵。」

琪琪笑著，心裡想到，如果我也有尾巴就好了。然後，開始思考，我的生命象徵……到底是什麼？

3 琪琪，送天空色提包給魔術師

幫河馬馬爾可治好尾巴的石醫生寄了一封信給琪琪。

魔女小姐，最近好嗎？上次多虧了妳的大力幫忙。之後，我們醫院每天傍晚都會帶病患繞那兩個沼澤散步。魔女小姐，多虧妳告訴我，自由散步是最好的良藥，萬分感謝。當然，病患出院後，我也會好好拜託動物園，改善牠們的居住條件。現在，馬爾可的尾巴情況還好嗎？老實告訴妳，那是某一隻馬尾巴上的毛。馬尾巴的毛剪了雖然還可以再長，但那隻馬也得了輕微的中心點不知去向病，身體常常斜斜的，害我從馬上摔下來三次，真是受夠牠了。

「呵呵呵，真可憐。」
琪琪縮著脖子笑了起來。她的心情特別好。回到克里克城後，宅急便的工作似乎也都很順利。
這個城市的人都很期待我回來，我要更努力工作。
琪琪站了起來，拿著信紙的手用力向前打了一拳。
「妳怎麼突然這麼興奮？」
吉吉瞪大了眼睛。
「沒錯，我精神百倍。你知道嗎？稱讚是讓魔女振奮的最佳良藥……拜託你，要記得喲。」
「魔女的貓也一樣。」
「我知道、知道了。吉吉好可愛、太可愛了。呵呵呵。」
琪琪點著頭，爽快的笑了起來。
「不要說得這麼輕率，我已經不是小貓了，竟然還說我可愛……」
吉吉生氣的轉過頭。

鈴鈴鈴鈴、鈴鈴鈴鈴。

電話響了。

「你好，這裡是魔女宅急便。」

「我想稍、稍、稍微拜託妳幫我送一下東西……」

電話裡傳來一個男人的聲音。他說話時有點口吃。

「好、好啊。」琪琪也跟著口吃的回答。

「我就住在梨樹公園旁的梨籽公寓頂樓。我叫科其拉，可不可以請妳稍、稍微……幫個忙？」

「稍、稍微幫忙嗎？沒問題，我馬上就到。」

琪琪學著對方的語氣回答，偷偷笑了起來。

「魔女琪琪，一接到工作就立刻出發。」

她興奮得像唱歌般大聲哼著，立刻準備出門。

「哇噢，琪琪進步了喲。」

「那當然，我每天都在成長。」

琪琪抱起掃帚，抬頭挺胸的走向門口。吉吉也緊跟在後。

「咦？這麼快就到了。感謝、感謝。」科其拉先生晃著兩撇翹鬍子說。

「說起來真的很丟臉，前不久，我竟然被門夾到右手。我的右手是用來做生意賺錢的，結果腫成這樣子。我想稍、稍、稍微泡點茶來喝，沒想到，手指竟然被『啪、啪』的夾到，手掌還留在門的這一側……虧我還是個魔術師。真丟臉，受不了……青蛙！」

「什麼？青蛙？」

「不，青蛙是我變的魔術。沒錯，我是魔術師科其拉。」

男人用沒有腫的左手摸著鬍子，向琪琪鞠了個躬。

「所以，今天由我的徒弟其拉里代替我表演……他呀，一直沒機會上臺表演，道具都快長黴菌了……都怪我這個師傅沒教好……真是丟臉丟到三十六層樓了……所以，稍、稍、稍微請妳幫個忙，把我的提包送過去。其拉里正忙著燙衣服，沒有時間過來拿。妳也看到了，我根本沒辦法用一隻手拿那麼重的包。我們師徒兩個人，都是這麼沒用的魔術師……嘿嘿嘿。」

「我、我知道了。敬請放心。」

琪琪用力點頭。心裡卻有一種不可思議的感覺，好像在看魔術表演。

「就是這個……」

科其拉先生打開櫃子，從裡面拿出一個大提包。

「哇噢！」

琪琪情不自禁的大叫起來。那是一個漂亮的天空色提包，一整面都是飄浮的雲，中間有個金色的釦子。

「提包裡裝了我所有的表演。嘿嘿嘿，妳知道嗎？我自己說有點那個，但這是現在很受歡迎的節目，名叫『我變、我變、我變變變』，到處都有表演邀約，根本沒時間休息。所以，請稍、稍、稍微幫個忙，送到斑鳩路的劇場。不過，請妳不要用力碰到這個金色的釦子。萬一不小心打開可就糟了，裡面裝的是魔術的機關。」

「好，我知道了。」

琪琪拿起提包。比想像中更加沉重，她的身體不禁搖晃了一下。

「裡面裝了很多機關。」

科其拉先生眨了眨眼睛，開玩笑的說：「對了，魔女小姐，我要送妳一樣小禮物作為感謝……」

科其拉先生走到琪琪身旁，伸出左手，說「握個手吧」，然後握住琪琪的手。頓時，琪琪的手裡響起了呱呱呱的叫聲，跳出好幾十隻綠色的小青蛙。

「啊！」

琪琪跳著逃開了，科其拉先生哈哈大笑，把跳出去的青蛙收了回來，握在手上，放進琪琪的口袋裡。

「這是魔術。想變出來的時候，用力握緊，再用力張開，這是要訣。這是我的一點心意。謝謝妳，魔女小姐。那就拜託了。」

琪琪驚訝得說不出話，用力點了點頭。

「琪琪，這個提包掛在掃帚上，根本分不清哪裡是天空、哪裡是提包。這也是魔術嗎？裡面一定可以一下子變出花、一下子變出鴿子。或許，還藏了一頭獅子呢。」吉吉指著在掃帚前搖晃的提包說。

琪琪回頭對牠說：「怎麼可能變出真的獅子？不過，像青蛙那樣用橡膠做的氣球獅子倒是有可能。我好想開開看，自己來變魔術，嚇一嚇觀眾。」

「我也好想……」

「好像很好玩，你不覺得魔女這麼做，也不會有人責怪嗎？我偶爾也想當當這種搶眼的魔女。」

「但是琪琪，這樣好嗎？」

「唉，吉吉，你每次都潑我冷水。對了，我想起來了，我小時候看過魔術表演。」

「對，在公民會堂，和可琪莉夫人一起。」

「那時候，媽媽告訴我，魔術和魔法不太一樣……魔法是看不見的神祕，魔術卻看得見。」

「是嗎？魔術不也看不見嗎？」

「如果看得見，我真想見識一下。好想打開提包看看，喔，我都等不及了。」

「我也……等不及了。」

吉吉突然跳到琪琪的肩上大叫起來。琪琪低頭一看，在一道陡峭樓梯的樓梯口，有兩個男孩正打得不可開交。兩個人拳打腳踢，最後，其中一個人還跳到另一個人身上，兩個人在地上扭打成一團。筆記簿和蠟筆都從書包裡掉了出來，散落一地。在一旁圍觀的孩子也吹著口哨起鬨，跺著腳打節拍。

「啊，妳看那裡！」

「啊，危險，快掉下去了。」

吉吉發出一聲慘叫。那兩個人抱成一團，滾下樓梯。

「哇噢，加油，加油！」

旁邊圍觀的孩子歡呼起來，還有孩子不小心踩空樓梯，差點跌了下去。

琪琪急速往下飛。

「住手。」

琪琪大聲叫著，硬把他們拉開。

「你這個沒用的傢伙，只會哇哇大叫。」其中一個男孩隔著琪琪咆哮道。

「你才沒出息哩，整天媽媽、媽媽的，只知道黏著媽媽。」

另一個人也拚命踢腳頂回去。兩人的臉上都有擦傷，衣服被撕破，釦子也掉了。

「住手，趕快住手！」琪琪大聲喝斥道。

兩個男孩充耳不聞，他們推開琪琪站了起來，又開始扭打在一塊。琪琪立刻把手伸進口袋，抓著科其拉先生送她的青蛙，用力一握，然後在兩個人的面前張開手。

呱、呱呱、呱呱。

青蛙在他們的眼前跳了出來。

「哇噢噢——」

「那是什麼？」

兩個人愣住了，相互看著對方。

「是青蛙。」

「好噁心。」

他們跳著躲開在腳旁跳個不停的青蛙。同時，也注意到站在一旁的琪琪。

「哇，是魔女耶。常常看到妳在天上飛。」

「妳還會變青蛙的魔法嗎？」

「對啊，這是專門對付打架的魔法。」琪琪揚起下巴說道。

「嘿，妳還滿厲害的嘛。」

「真好玩，那就多表演一點給我們看吧，是不是都藏在那裡面？」

兩個男孩伸手去拉琪琪手上的提包。圍觀的孩子也都興奮得叫了起來。

「快表演，快表演。」

「這個不行。」

琪琪慌忙拉著提包往後退。

吉吉也努力擠到琪琪面前。

「不要賣關子啦！」

「有什麼關係，小氣鬼！」

有人伸手拉著琪琪手上的提包。

「不要碰！不要碰啦！這是很重要的東西。」

琪琪甩開對方的手，用力抱緊提包。結果，可能因此不小心碰到了金色的釦子，提包稍微打開了，發出「唔啊啊——嗯」像打呵欠般的聲音。就在此時，黃色的蝴蝶接二連三飛向空中。

「啊——！」

所有人都抬起頭。接著，呵欠聲變成輕快的音樂，出現了許多小雞。小雞們發出嘰、嘰、嘰的聲音，排成一行，走向空中。

周圍的孩子們也都啞口無言的看著小雞。

「怎麼樣？」

琪琪想把釦子扣好，結果，有一隻鴿子從她手裡鑽了出來。

咕咕咕。

鴿子用嘴戳開琪琪的手，一隻、兩隻、三隻……紛紛拍著翅膀飛了起來。

「是活的，這個是真的。」

琪琪緊緊抱著提包，抬頭看著鴿子飛走了。

「好厲害。」

「真不愧是魔女。」

孩子們驚訝的聲音中漸漸透露出喜悅。有人興奮得跳了起來，也有人拍手，還紛紛叫了起來。

「還要，再多表演一點。魔女小姐，再多變一點，快啊。」

琪琪根本無暇理會他們，抓起倒在一旁的掃帚，叫了一聲「吉吉」，就飛了起來。吉吉好不容易才抓住掃帚尾。琪琪的腦子一片混亂，也在空中胡亂打轉，好不容易才找到方向。

「無論如何，先去劇場再說。其拉里先生在等我們。」

「哇哈哈哈哈。」

琪琪畏畏縮縮的向徒弟魔術師其拉里先生報告剛才發生的事，他爽朗的大聲笑了起來。

「這就是『我變、我變、我變變變』的魔術，如果變不出東西來才奇怪哩。對了，那些圍觀的孩子有沒有很高興、有沒有為妳鼓掌？」

「有，大家都高興極了。」

「是不是很有成就感？」

「對，有一點。」

「那就好。對了……嗯，我要重新裝一下提包裡的東西。稍、稍、稍微等一下，我看看。」

其拉里先生說話的方式和科其拉先生一樣，他從琪琪手上接過提包，輕輕撫摸了一下，再輕輕打開金釦子，瞇起一隻眼睛往裡面探視。

「幸好，只有鴿子之前的東西跑掉了，還剩下不少貨色。」

「啊，裡面還有嗎？」

「那當然，這可是『我變、我變、我變變變』。不過，稍、稍、稍微有一點傷腦筋，蝴蝶和小雞都是假的，雖然我只學了一點皮毛，應該還可以應付……但是，鴿子是真的，可能已經飛回科其拉先生那裡，但來不及回去拿了……喔，這個不錯……我看到好東西了……」

其拉里先生看著腳邊的吉吉。

「貓咪，可不可以請你稍、稍、稍微當一下替身？」

吉吉嚇得忍不住一步步後退。

「我向你保證，絕對不會不舒服，也不會痛。」其拉里先生說。

吉吉一邊後退，一邊問琪琪。

「替身的意思，是要我進去那個提包對吧？」

「好像是這樣，吉吉，如果你不願意，就明確的說不願意。」

吉吉端詳了提包片刻，好像下了決心似的說：「我願意試試。」

「真的嗎？」

琪琪驚訝的反問，吉吉快步走到其拉里先生身旁。

「你願意嗎？太感謝了，那就拜託你了。」

其拉里先生抱起吉吉，拿著提包，打開隔壁房間的門。

「接下來，就不能讓妳看了，我要安排魔術的機關。這是祕密，也就是所謂的商業機密。嘿嘿嘿。」

其拉里先生對琪琪擠了擠眼睛，就關上了門。

過了一會兒，其拉里先生拿著提包走了出來，提包變得鼓鼓的。

「大功告成了，等一下我會把貓還給妳，請放心吧。」

鈴聲響了。

「好了……表演開始了。」其拉里先生說。

琪琪忍不住走了過去，對著提包問：「吉吉，怎麼樣？你還好嗎？你在裡面嗎？如果在裡面，就回答我。」

然而，提包裡沒有傳來任何聲音。

琪琪急忙繞到入口處，買了門票，走進劇場。劇場裡滿滿都是人，觀眾已經入座了。琪琪心跳不已，坐立難安。她一下子坐著，一下子又站了起來，注視著拉起簾幕的舞臺。不知道吉吉在幹什麼？被關在那麼小的提包裡，能夠呼吸嗎？琪琪很擔心，緊張得握緊雙手。

魔術表演開始了。天空色的提包放在舞臺中央的大桌子上。在聚光燈的照射下，感覺像是等待招領的失物。琪琪仍然緊張得心臟怦怦跳。徒弟其拉里先生出來了，舞臺上響起熱鬧的音樂。其拉里先生動作靈巧的摸了一下提包。音樂停止了。觀眾屏氣凝神的注視著他。接著，「唔啊啊——嗯」的一聲，又聽到和剛才一樣的呵欠聲，蝴蝶拍著翅膀，從提包打開的細縫中鑽了出來，飛向觀眾的方向。

接著是小雞。小雞搖晃著身體，排成一列，走向空中。觀眾響起如雷的掌聲。其拉里先生得意的將右手放在胸前，向觀眾鞠了個躬。

但琪琪的目光無法從提包上移開。如果吉吉是當鴿子的替身，應該下一個就輪到牠了。

啪啪啦啪。

隨著吹奏喇叭的聲音，皮包突然用力張開。琪琪情不自禁的探出身體。然而，包包裡出現的不是吉吉，而是一雙人的手。人的手隨著音樂揮動著，一隻手時而撫摸著另一隻手，時而說話，然後又拍著手，最後，竟然打了起來。觀眾哄堂大笑。

「繼續、繼續。」

有人叫了起來。漸漸的，打架的兩隻手平息下來，親切的握手言和了。

這時，音樂轉換了，變成很有節奏感的快樂曲調。兩隻手像花瓶般張開，手上出現了一團黑色的東西……是貓！是吉吉。吉吉坐在一個漂亮女人的頭上出現了。吉吉豎著尾巴，一副大明星的架式。女人一邊跳舞，一邊扭著身體從皮包裡走了出來，親了吉吉一下，向觀眾鞠了個躬。劇場內掌聲如雷。琪琪鬆了一口氣，把手心的汗水擦在裙子上。

那天晚上，琪琪跟在吉吉的屁股後面打轉，窮追不捨的問：「快告訴我，那個提包裡到底是怎麼回事？那個女人一直躲在提包裡嗎？難怪那麼重，沒想到，裡面竟然藏了一個人……應該不是吧？快啦，快告訴我、告訴我嘛。」

但吉吉總是一本正經的回答：「怎麼可以告訴妳？這是魔術師科其拉先生和其拉里先生的商業機密。」

4 琪琪，運送森林的窗戶

「這是送你的。」

琪琪將從家鄉帶回來的禮物遞給蜻蜓。

「禮物？太棒了。」

蜻蜓接了過來，立刻欣喜的從包裝打結的縫隙朝裡面張望。

「咦？這就是妳之前提過的鈴鐺嗎？妳說小時候，把鈴鐺綁在樹上……好漂亮，是銀色的耶……」

「很久沒用，都變髒了，但我很用力的擦乾淨囉。」

蜻蜓打開包裝，把鈴鐺拿了出來。

「妳以前都怎麼用這個鈴鐺？」

「在我住的地方，我媽把鈴鐺掛在高高的樹上。我十歲的時候，決定要當魔女，所以，就開始練習飛行，但在天空中，不是可以看到很多風景嗎？因為實在太有趣了，有時候難免會分心。媽媽就在樹上綁鈴鐺，只要我的腳一碰到鈴鐺就會響，提醒我趕快飛高一點。所以囉，鈴鐺就是這個用途。當然，我有時候不一定會碰到鈴鐺，反而飛到別人家的屋頂上，連我自己都會嚇一跳，有幾次腳擦傷了，害我差點哭出來……當然，有時候我也會故意用腳去碰鈴鐺，讓它發出聲音。」

琪琪害羞的抬頭看著蜻蜓，但她立刻覺得目光閃爍，趕緊眨了眨眼。

「咦，蜻蜓，你好像變了，長高了嗎？」

「有嗎？……差不多吧。我覺得妳才不一樣了，好像變成一個成熟的女孩。」

蜻蜓也瞇起眼睛。

「啊？不會吧？」

琪琪情不自禁的把手放在胸口，踢了踢右腳，掩飾自己的難為情。

蜻蜓搖響手上的鈴鐺。

「在樹上綁鈴鐺真是個好主意。」

「好像以前大家都這麼做。」

「我也好想試試，在這個城市的樹上掛滿這種鈴鐺，一邊飛，一邊演奏。叮鈴、噹啷、叮鈴、叮鈴、叮鈴鈴——不是很好玩嗎？但我不會飛，每次都遇到這個難題。琪琪，我真羨慕妳……」

蜻蜓一臉懊惱的看著琪琪。

「我覺得自己會飛，好像很對不起你……」琪琪聳了聳肩說。

「蜻蜓喜歡鈴鐺嗎？」

琪琪一進門，吉吉就過來問。

「嗯，好像很喜歡。但我也搞不懂。」

琪琪一屁股坐在椅子上，然後一個人喃喃自語著：「男生……真是難懂。說我像成熟的女孩，我真想多問一下到底是什麼意思……真掃興。」

「什麼？誰是成熟的女孩？」

吉吉抬起頭。

「沒什麼。」

琪琪甩了甩手。

「琪琪在嗎？」

門打開了，索娜太太探出頭。

「有妳的信，給妳！」

「是不是可琪莉夫人的信？」

琪琪接過信，慌忙打開。

「聽說妳可以像風一樣在空中飛。我這裡有一點遠，但希望妳能幫我送一件東西。我的小屋位在重重山，我會掛一個大風箏作為記號。拜託妳了，我叫密茲南。」

「呃，重重山……在哪裡？」

琪琪嘀咕著，看著牆上掛著的克里克城地圖。吉吉一下子跳上琪琪的肩膀。

「山在和海相反的方向。」

「對，對啊。啊，這裡，在這裡，就在地圖的角落露出來一點……我們走吧，吉吉。」

「啊？現在就走嗎？」

「對啊，那還用問嗎？工作樂趣無窮。你知道嗎？這個城市需要我。」

「但是……午飯呢？」

「工作結束後再吃。」

「哼，突然這麼有幹勁。連飯也沒得吃……真過分。」

「我口袋裡有三顆糖，分你兩顆，可以了吧？」

琪琪用力拍了拍口袋，拿起掃帚，抱起吉吉。

「妳怎麼了？好像變得很有精神。」

「沒有啊，和平時差不多啊。」

「是嗎？」

吉吉抬頭看著琪琪。

琪琪打開麵包店的落地窗，探頭對裡面喊了一聲：「索娜太太，我出去一下。」

然後，立刻跨上掃帚，飛了起來。

「唉喲，這麼快又要出去了嗎？」

身後傳來索娜太太驚訝的聲音。

「對啊，突然就這麼匆匆忙忙的，我們話都還沒說完呢。」吉吉氣鼓鼓的說。

春天已經造訪了克里克城，迎面不時飄來陣陣宜人的芳香。

「啊，是蘋果花的味道。啊，這是杏花的味道。」

琪琪飛在天空中，不停的向兩側伸著手，好像可以抓住那些味道。掛在掃帚柄上的收音機傳來輕鬆愉快的音樂。整座城市在燦爛陽光的照射下，彷彿一座全新的城市般熠熠生輝。

房屋漸漸變少了，放眼望去，到處都是綠色的原野和森林，原本朦朧的山脈也漸漸清晰起來。琪琪飛過一座又一座的山。

「啊，那裡有一隻大蝴蝶。妳看！」吉吉在琪琪的背後用貓掌指道。

「蝴蝶？啊，那個喔，一定是密茲南先生的風箏。」

漸漸的，可以清楚看到一個黃色的風箏在一片柔和綠色的山上飄來飄去。琪琪的視線追隨風箏的線，朝著風箏線消失的樹木下降。

那裡有一幢房子，鋪了厚厚一層草的屋頂好像小女孩的娃娃頭，屋頂中央的煙囪冒出裊裊白煙。門口上掛了一塊「歡迎索取樹木的歌聲」的牌子，琪琪覺得和可琪莉夫人的「歡迎索取噴嚏藥」的牌子很相像，不禁高興起來。

「但樹木的歌聲是什麼……」

門打開了。琪琪抬起頭，看到一個穿著白色工作服、套著淺綠色圍裙的年輕男子站在那裡。

「你好。我是魔女宅急便，我收到你的來信。」

琪琪慌忙鞠了個躬。

「謝謝，我是密茲南。」男子垂下眼睛說道。

房子裡有個寬敞的房間，站在門口就可以看到床和廚房。暖爐上，水壺裡的開水發出「咻、咻、咻」的聲音。門對面的窗戶後方，一片長滿草的庭院灑滿陽光。

「哇，好美。」

琪琪探頭張望後驚叫道，密茲南先生打開了整扇窗戶。

「請問你要我送什麼東西？」

琪琪四處張望著。地上放了各種不同形狀的小木段，樹木的清香撲鼻而來。

「這就是門口寫的『樹木的歌聲』嗎？」

「對。」

密茲南先生害羞的把身旁像手臂般粗的小木段拿了起來，遞給琪琪。

「這裡是它的嘴巴。」

樹節的地方有一個圓形的孔。

「樹木就是從這裡唱歌的嗎？」

琪琪訝異的朝圓孔裡張望。

「對，我覺得樹木會唱歌，就做了個嘴巴。樹木會被砍伐，這也是沒辦法的事……所以，我就向伐木工人要來這些樹枝和小木段，希望它們至少可以像被砍下來以前一樣唱歌……」

「咦，樹木會唱歌嗎？」

琪琪驚訝的探出身體。

「咦？妳不知道？從沒聽說過嗎？」

這次，輪到密茲南先生驚訝的問道。

「因為……妳是魔女啊，我以為魔女可以聽到許多東西的歌聲和說話聲，像是石頭唱歌的聲音，或是稻草人的說話聲……最近，我好不容易才聽得見樹木的聲音。我住在這山裡，每天用心看，用心聽……」

「對不起，我什麼都不會。」

琪琪突然心生歉意的低下頭。

「請問……樹木什麼時候會唱歌？」

「整天都在唱。下雨的時候會唱歌，天氣悶熱也會唱歌。唱歌的時候，它們踮起腳來，搖晃著身體，和我們人一樣。不同種類的樹，會發出不同的聲音……妳看，那裡排著的三棵都是櫸樹，都抬起右肩在搖晃吧？它們很喜歡合唱，今天的天氣這麼好，所以，它們唱歌的時候，心情特別好。」

密茲南先生指著窗外。琪琪豎耳傾聽，搖晃的樹枝的確很像在唱歌，但她只聽到柔和的風聲和遠處的小鳥歡啼。

「我也好想聽聽樹木唱歌的聲音。」琪琪情不自禁的說。

「好啊。」

密茲南先生拿起剛才的木段。

「這是橡樹。」

說著，他把自己的嘴湊到樹木嘴巴的地方，靜靜的吹了一口氣。

嘟嘟嘟哩　嘟哩　哩哩

好像什麼東西被卡住的聲音。

「這是槐樹。」

密茲南先生又拿起另一塊木段，再度吹了起來。

呼呼呼　呼呼呼

這次，聽起來好像是笑聲。

「怎麼樣？」

密茲南先生露出驕傲的眼神。

這就是樹木的歌聲嗎？琪琪情不自禁的偏著頭。

「很奇怪嗎？」

看到她的表情，密茲南先生不安的問道。

「不，我第一次聽到……樹木的聲音真好玩。我以為會是高音，因為，樹都長得很高……」琪琪趕緊笑著說。

「啊，對不起，我光顧著說話，其實……」

密茲南先生從架子上拿下一個外形奇特的木段，說：「我想請妳幫忙送這個。雖然我也可以自己去，但她看到我，一定會鬧彆扭……」

那個木段用深色、淺色和灰色等不同顏色的樹木組合成一個奇妙的形狀。

「我蒐集了不同的樹木，分別裝上嘴巴，就可以聽到各種不同的歌聲……我幫它取名為『森林的窗戶』……」

「好美的名字。請問要送到哪裡？」

「在彆扭路，妳知道嗎？」

琪琪訝異的抬起頭。

琪琪知道，那是一條大家避之惟恐不及的路，但她從來沒有去過那裡。她從空中看到那條路位在海岸高樓大廈的後方，總是陰森森的。

「妳不願意嗎？」

「不，我當然會幫你送過去。」

琪琪從密茲南先生手上接過笛子。

「請幫我送給三十九號貝殼公寓三號室的女孩子，她叫娜西娜。」

「是，我知道了。」

琪琪轉身朝門口走去，對吉吉說：「我們要走了。」

吉吉立刻跳上琪琪的肩膀。

「魔女小姐，請挑一塊妳喜歡的木頭，送給妳……算是我的一點心意。」密茲南先生說。

「真的嗎？那我想要那塊像小鳥的，可以嗎？」

「這是紅松。」

琪琪接過紅松，問吉吉：「你喜不喜歡這個？」

「喵嗚。」

吉吉叫了一聲，代替了牠的回答。

「妳聽得懂貓的話嗎？」

密茲南先生瞪大眼睛。

「魔女果然不一樣，貓的話比樹木的歌聲費解多了。」

「沒，沒有啦。」

琪琪搖著頭，但心裡可得意了。

「我走了，再見。」

琪琪走了出去，騎上掃帚，飛向天空。

密茲南先生追了出來，大聲叫著：「請妳轉告娜西娜小姐，這裡很美、很熱鬧，請她有空來玩。」

密茲南先生的聲音充滿溫情。

琪琪揮了揮手，表示自己聽到了，便沿著山坡飛了起來。

彆扭路果然是一條陰森森、狹窄又擁擠的路。窄窄的路上到處流著髒水，黏了許多隨地亂丟的紙屑。房子的牆上都是塗鴉。即使在這麼沒落的街道上，貝殼公寓還是顯得格外破舊，雨漬上爬滿了黑黴，而且，三號室竟然有一半在地下。琪琪害怕的敲了敲門。

「門沒關。」

收音機的音樂放得很大聲，與一個女人的聲音一道從裡面傳來。

「請問是娜西娜小姐嗎？」

琪琪推開門，大聲問道。探頭向房間內張望了一下，頓時愣住了。這個房間，只有在靠近天花板的地方有一扇很窄小的採光窗戶，明明是大白天，房間內卻像傍晚一樣昏暗，和充滿陽光的密茲南先生那裡簡直有著天壤之別。

一個看起來比琪琪年齡稍長的女人配合著音樂的節奏，飄然走了過來。

「這是密茲南先生要我送給妳的東西。」

琪琪把懷裡的木段遞給她。

「這次又送什麼了？」

娜西娜小姐關掉收音機，抬頭問道。

「聽說是樹木的歌聲。」

「又是這種東西嗎？他每次都送一些野花、壓花啦，或是楓葉書籤之類的東西。

女孩子想要的是其他禮物，妳覺得呢？他雖然人很好，但總是少根筋。」

娜西娜小姐嘟著臉，說：「每次都讓人覺得好像少點什麼。」

這時，她才不情願的接過禮物。

「密茲南先生要我轉告妳，山裡是個美麗而熱鬧的地方，希望妳有空去玩。」

「是嗎？他又這麼說了嗎？我很喜歡他，也想和他在一起。所以，我常請他來我這裡，我不喜歡那種像樹木一樣的生活，每天從早到晚就和風啊、樹木啊或是樹葉打交道。大家都說這裡不好，我也知道，即使睜著眼睛說瞎話，也不能說這裡是個漂亮的地方，但這裡令人充滿期待，似乎每天都可能發生令人興奮的事，只是我到現在還沒遇到過……但這裡有新的流行歌曲，只要打扮得漂漂亮亮，人們就會回頭多看幾眼，樹木根本不可能理人。所以，我和密茲南先生始終相持不下，他要我去他那裡，我叫他來這裡。」

娜西娜小姐聳了聳肩笑了，用鼻子聞了聞木塊。

「哇噢，這個味道很好聞耶。」

「是啊。」

琪琪又向前走了一步。

「它的名字叫『森林的窗口』，上面不是有很多小孔嗎？只要對著小孔吹氣，樹木就會唱歌。」

「唱歌？」

「對。我也是第一次知道樹木會唱歌。密茲南先生說他聽得到。他說，有些樹還會合唱。這是他蒐集樹枝和木塊做成的……」

琪琪突然很想聲援密茲南先生，心裡卻有點擔憂，不知道娜西娜小姐喜不喜歡那種「呼嘻呼嘻嘻」的歌。

「妳不覺得樹木的歌聲很稀奇嗎？」

琪琪難得這麼強人所難。

「它的名字叫『森林的窗口』嗎？」

娜西娜小姐仔細的看著手上的木塊。

「好諷刺，我家的窗戶才這麼一條縫。對了，要對著這個小孔吹氣嗎？」

「對，妳可不可以試試？我也很想聽。」

娜西娜小姐對著其中一個小孔輕輕吹氣。

哆哆哆嚕嚕——哆哆嚕嚕——

娜西娜小姐笑了，再朝旁邊的小孔吹氣。

哩嚕哩啦　哩嚕哩啦　哩嚕哩啦

兩種聲音重疊在一起，似乎產生了回音。娜西娜小姐驚訝的瞪大眼睛，又對著旁邊另一個小孔吹氣。

唧啦哩哩——唧啦哩哩——

聲音都重疊在一起，彼此產生回響。

有一半在地下的昏暗房間，頓時充滿美妙的聲音，好像突然開啟了一扇明亮的窗戶，和煦的風吹了進來。

這就是樹木的歌聲。

原來，樹木是這樣唱歌的。

和剛才在山裡聽到的完全不一樣……

琪琪整個身體都被奇妙的空氣包圍了。

娜西娜小姐陶醉忘我的繼續吹著，她的眼睛漸漸溼潤了。

娜西娜小姐停了下來，一動也不動。然後，喃喃的說：「那種感覺，好像有人親了我的臉。我已經……好久沒有這種心情了。」

娜西娜小姐張開眼睛。剛才銳利的眼神已經從眼中消失了，她的雙眼帶著一抹綠，宛如映照出森林中的綠意。

「我去他那裡看看吧。」

「妳知道路嗎？我告訴妳。」琪琪急忙說。

「在重重山，對吧？我不能像妳一樣飛，但我會背著背包，一步一步走過去。」

娜西娜小姐開懷的笑了。

回到家裡，琪琪拿出密茲南先生送她的

紅松，吹了起來。

嘀嘀　嘀嘀嘀嘀

琪琪忍不住笑了起來。

「呵呵呵。」

好奇怪的聲音。

琪琪偏著頭。

我吹的時候，都變成了笑聲。

為什麼只有「森林的窗戶」可以吹出那麼美妙的聲音？……那個木塊中好像裝滿了什麼神奇的東西。

難道是特別的人送給心上人……特別的心意……嗎？

5 琪琪，送襯衫

啪啪。

聽到聲音，琪琪驚訝的從窗戶向外探頭張望，看到索娜太太正把剛洗好的白色床單摺成兩半，用力甩著。

「真好聽的聲音。」

琪琪向索娜太太打招呼。

「對啊，是不是很有精神？先這樣甩一下，就可以變得很平整，等一下熨燙時就輕鬆多了。」

索娜太太又啪的甩了一下，晾在竹竿上，用晒衣夾夾住兩端。

「像今天這麼晴朗的天氣，一定要夾好床單，不然會被風吹掉。對了，琪琪，我昨天看到了，海岸角落不是有個小山丘嗎？有人背著像小鳥翅膀一樣的東西，在天空中飛，嘩的轉了一圈，但只飛了一小段。不過，好像很舒服的樣子，我也好想試試。雖然沒辦法學魔女飛，但只要模仿小鳥，就真的可以飛起來。」

索娜太太蹲在剛才晾的床單下，拿著兩端，假裝是自己的翅膀。

「是嗎？哪些人在飛？」

「有四、五個和妳年齡差不多的孩子。」

「現在很流行飛嗎？」

「好像是。」

「蜻蜓也在嗎？」

「喔，他是妳的好朋友。對了，他之前不是也很想學怎麼飛嗎？昨天距離太遠了，看不清他們的臉……原來，琪琪妳還惦記著他呀。」

索娜太太眼睛骨碌碌的轉動，調侃的看著琪琪。

鈴鈴鈴鈴、鈴鈴鈴鈴。

電話響了。琪琪拿起電話，大聲的說：「你好，這裡是魔女宅急便。」

「喂，妳好，妳的聲音真有活力。呃，我這裡是筆挺屋。妳知道嗎？就是位在三月街街角的襯衫店。我想請妳幫我送東西。」

「好，我馬上過去。」

琪琪一隻手放下電話，另一隻手已經拿起了掃帚。

「吉吉，工作了！要上路囉！」

筆挺屋是一家小店。要不是招牌上畫著一個打了領結的襯衫圖案，一定會不小心錯過。

店裡，一名駝背的老奶奶正用冒著蒸氣的熨斗，「咻、咻、咻」的熨燙襯衫。

「魔女小姐，請等一下，我想請妳幫我送這件襯衫。我快燙好了。現在很少有人訂做白色襯衫，最近，大家都穿色彩鮮豔的衣服。這個喜歡白襯衫的人，一定很講究。」

老奶奶抬起頭，看著琪琪和吉吉，然後，急忙補充說：「啊喲，貓咪，你不要生氣。我不是說黑色是不講究的顏色，黑色是神祕的顏色，隱藏了很多事。」

老奶奶說著，勤快的移動著熨斗。

「老奶奶臉上的皺紋已經夠多了，所以，衣服要燙得筆挺筆挺的。」

老奶奶抬起頭，對琪琪露出微笑。

「不過，老奶奶的皺紋是笑紋啊。」

琪琪也對老奶奶露出笑容。

終於，筆挺屋的老奶奶將燙得筆挺筆挺的襯衫摺了起來，用紙包好，交給琪琪。

「請妳送到青木路青木莊的三樓一號室，不用趕時間，不要飛得太快，以免弄皺了衣服。」

「好，請放心。」

琪琪輕輕接過那包衣服，用一隻手拿著，飛上了天空。

「對了，至於妳的謝禮……」筆挺屋的老奶奶挺直了身體說。

「不用了，大家需要相互幫忙嘛。」琪琪大叫著說。

「那麼，下次有什麼皺皺的東西，就請妳拿過來，什麼東西都可以，我會幫妳燙得筆挺筆挺。」

琪琪點著頭，揮了揮手。

微風徐徐吹來，十分舒服。天空中的空氣果然有點藍色的感覺。

琪琪回想起媽媽可琪莉夫人第一次教她飛行的那天，也是吹著這樣溫柔的風。琪琪打開掛在掃帚上的收音機開關，立刻傳來ＤＪ的聲音。

「各位觀眾，今天的天氣真好。我邀請各位暫時放下手上的工作，仰望著天空，聽這首〈浮雲華爾滋〉吧。」

琪琪隨著音樂的節拍，在空中沿著柔和的曲線飛來飛去。頭髮上的絲帶發出啪噠啪噠輕快的聲音，手上那包衣服也低調的發出沙沙、沙沙的聲響。

「我想先繞去一個地方。」

「要去哪裡？」吉吉在後面大聲問道。

琪琪沒有回答，轉往左側的方向。

「啊，我知道了，一定是索娜太太提到的地方。」

「對啊，只是去繞一下，看看而已。」

琪琪不好意思的嘿嘿笑了起來。

琪琪飛向海岸西側，海面風平浪靜，這裡聽不到海浪的聲音。琪琪看著沙灘的方向，面向大海形成一片懸崖的小山丘上，有許多像是白色或紅色手帕般的東西不時起飛。

「啊，在那裡。」

琪琪朝著山的方向緩緩下降，猶豫了一下，先飛往大海的方向，然後再繞向小山。

「吉吉，坐直了，讓自己看起來像隻帥氣的貓。」

「為什麼？」

「因為大家都會看到。」

「那又怎麼樣？」

「哼，吉吉，你真是壞心眼！」

「琪琪想在大家面前虛榮一下。我知道了，我會盡力。」

「吉吉……」

這時，山丘已經出現在眼前。一個男生背著一對白色大翅膀衝下山坡，雙腳用力一蹬，正準備起飛，一副熟悉的大眼鏡閃了一下。

「蜻蜓果然在這裡。」

完全猜中了，琪琪忍不住笑了起來。

蜻蜓起飛了，這時，海面剛好吹來一陣風，他身體一斜，就被吹歪了。

「啊、啊、啊。」

聽到琪琪的叫聲，吉吉也叫了起來：「真是慘不忍睹。」

可能是聽到了他們的聲音，蜻蜓抬起頭。

「咦？這不是琪琪嗎？」

蜻蜓的翅膀又歪了。

「啊，向右，你要向右轉，要乘著風前進。」

琪琪聲嘶力竭的大叫著，自己也飛了下去，來到蜻蜓身旁。

「什麼乘著風前進……根本做不到啊。」

蜻蜓被風吹上去，很快又掉了下來。

琪琪追上他，在他身旁飛行。

「乘著風前進是要改變角度嗎？要轉幾度？」

蜻蜓大叫著問。在他說話的時候，他的身體急速掉了下去，又同時向後轉，完全無法保持穩定。

琪琪拚命追上他，告訴他：「我跟你說，風是有形狀的。」

「啊，形狀？什麼形狀……」

「沒辦法形容啦。看不到，但可以感受得到。身體盡量放輕鬆，乘著風前進。又有一陣強風要吹過來了，這裡，這裡。」

琪琪向他招著手。

「等等我。」

蜻蜓的兩隻腳像游泳般活動著。

「對，就這樣，身體放輕鬆，讓自己也變成風，乘著風。你看，像這樣，一起飛啊，飛啊。」

琪琪的身體輕輕懸在空中，蜻蜓也在一旁邊看邊學。

「對，沒錯，就是這樣。你懂了嗎？感覺像衝浪一樣。風又來了，飛啊，飛啊。」

琪琪調整好掃帚的方向，像小鳥一樣張開雙手飛了起來，蜻蜓也緊跟在後。

「就這樣！好厲害，你已經學會了。」

「嗯。」

蜻蜓點著頭，一臉嚴肅的飛著。

「對了，蜻蜓，你要怎麼降落？」

「不知道，根本沒想那麼多。」

「你真悠閒。那這樣吧，跟在我後面，身體移往某個方向，不要受風的影響，然後，慢慢轉身。」

琪琪飛到蜻蜓的前面，大聲說道。

「對，對，慢慢往下，自然的，很自然的下降。」

看到蜻蜓順利降落後，琪琪也準備在懸崖降落。

「啊，太好了，蜻蜓終於平安落地了。但是，會飛真的有那麼棒嗎？我要好好想想，難道現在連普通的貓也會飛了嗎？這麼一來，我就不再是特別的貓了。這可傷腦筋。」吉吉自言自語的嘀咕著。

「你在嘀咕什麼？趕快，表現帥氣、帥氣。」琪琪大聲的說。

懸崖上，還有兩、三個人穿著飛行服，正在向琪琪招手。

「琪琪，這裡！這裡！」

「喂！」

「加油！」

其中也有女孩的聲音。琪琪仔細一看，原來是蜜蜜。去年受蜜蜜之託送信時，琪琪偷看了她的信，差點把事情搞砸。之後，琪琪和蜜蜜就成為好朋友。

「琪琪，琪琪，快過來，我也想和妳一起飛。」

蜜蜜高舉著雙手，用力揮動。她脖子上的粉紅色絲巾隨風飄揚。

每次看到蜜蜜，她都好漂亮。

琪琪心生羨慕，不禁低頭看著自己的黑色洋裝。

「喂，前輩，這裡，快過來。」

男生們對琪琪叫著，原來，他們都是飛行俱樂部的成員。

竟然叫我前輩……

琪琪不禁竊笑起來。

「我過去。馬上，馬上——」

琪琪張開雙臂，也向他們揮手。就在這時……

「啊！」

琪琪和吉吉，還有懸崖上的人都異口同聲叫了起來。琪琪一直小心翼翼抱在手上的筆挺屋襯衫，竟然從琪琪手上滑了下去。襯衫在空中打轉，包著的紙也破了，原本摺好的襯衫鬆了開來。整件襯衫張開，像一隻白色大鳥般張開兩隻袖子，飛向大海的方向。襯衫的下襬像尾巴般拍打著，速度飛快。

「等一下，等一下。」

琪琪伸手追了上去。吉吉緊張的用爪子緊抓住琪琪的背。

襯衫好像很享受在空中飛翔的感覺，滑過琪琪伸長的手，自由自在的飛著。海上的風吹來，襯衫又掉頭飛往陸地的方向。來到建築物稀少、有很多農田和森林的地方，襯衫終於開始下降。然後，好像被吸進河岸旁的樹林般，一轉眼就不見了。琪琪也急速下降，她重心不穩的著地後，轉來轉去，四處尋找著。

「這個剛剛好，簡直就是量身訂做的。」

河邊的堤防下，突然傳來說話的聲音。琪琪衝過去張望，發現河邊聚集了許多男生和女生。幾個人圍在一起，準備把一艘像成人般大小的模型船放進水裡。每艘船上的白帆都被風吹得嘩嘩響。

「太好了，剛好飛來一個合用的，真是天上掉下來的禮物。」

「裁判，請等一下，我三十秒就可以換好。」

其中有一群人大聲叫著。琪琪轉頭一看，他們竟然準備把筆挺屋的襯衫裝到船的桅杆上。

「住手，住手！這是我的！」

琪琪跑了過去，那些人聽到她的聲音，紛紛抬起頭。

「這件襯衫是我的。」琪琪衝過去說。

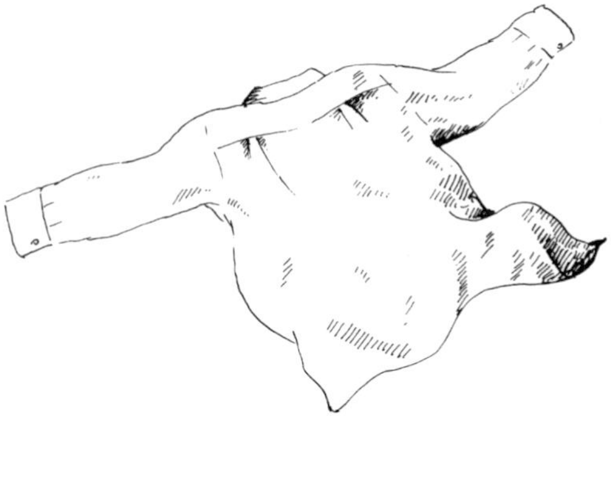

「不好意思。」

其中一個男孩子衝了過來，擋在琪琪面前。

「拜託妳，借我們用一下，一定會還給妳。這艘船的帆破了，借我們代替一下。這場比賽很重要。拜託妳。」

「但這件襯衫對我也很重要……」

琪琪的話還沒說完，就聽到「嗶嗶——」的哨子聲。

「好，各就各位。」站在河邊的裁判大叫著。

「對不起，三十分鐘就好。」

站在最前面的男生低頭鞠躬，和大家齊心協力把綁了襯衫的船扛到河邊，放進水裡。

「預備——」

「砰。」裁判手上的槍響了。十幾艘船隨著「嘿——咻」的吆喝聲，一起從岸邊推向河中央，隨著流水行駛著。每艘船的船帆都被風吹得鼓鼓的。

「好，快衝。」「對，很好！」「加油！」「專心向前，專心向前！」

每個人都沿著河岸跑，聲援著自己的船隻。當然，琪琪也跟著跑了起來。其中，有幾艘船找不到方向，有的衝撞別的船隻，有的自得其樂的在原地打轉……筆挺屋的襯衫果然不同凡響，乘風破浪的前進著。雖然看起來像是敞開胸前釦子的駝背大叔，但還是遙遙領先。

「太好了，衝啊，快向前衝。」

琪琪也不由得聲援那艘船。

「啊！」

一陣驚叫。衝在最前頭的襯衫號正漸漸靠近一塊突出來的岩石，船的側面擦過岩石，發出滋滋的聲音。由於帆船的速度太快，船身應聲倒了下來，船帆也啪的一聲浸到水。

「啊、啊、啊！」

「誰去扶一下船，趕快！」

頓時響起一陣喧鬧。兩個男生跳過岩石，衝了過去，把船扶

起來。襯衫做的帆滴著水。兩個人一前一後拿著船，倒掉水後，又放回水中。襯衫號再度前進，輕而易舉的超越了在騷動中趁亂超前的船隻，再度遙遙領先。

「太好了！」

琪琪跳了起來。

終於，襯衫號率先到達終點，獲得第一名。剛才的男生跑到琪琪面前。

「謝謝妳，真的幫了我們大忙，襯衫馬上就還給妳。我們是水上俱樂部的會員，今天是半年一度的比賽。剛才，我們的帆船勾到樹枝，不小心弄破了，我們正在發愁，剛好看到襯衫飛過來……就覺得是天上掉下來的禮物……」

「真的是從空中飛來的，所以，的確是天上掉下來的禮物。」

琪琪也笑著表示同意。

「萬分感謝。」

另一個男生抱著襯衫走了過來。

「啊——！」

琪琪看到襯衫，頓時瞪大了眼睛。筆挺屋那件平整筆挺的襯衫已經變得皺巴巴了。

「怎麼辦？」吉吉大叫起來。

「晾乾後，用熨斗燙一下就好了。只要在飛回去的途中掛在掃帚柄上，到家的時候，應該就乾了。」

「現在已經傍晚了，再晚一點，就變晚上了。」

琪琪環顧四周。不知不覺，夕陽正慢慢消失在樹林裡，殘陽映照下的河水漸漸恢復成藍色。

「在這裡發愁也沒用，先告訴客人事情的來龍去脈。等我整理好衣服之後，再送去給客人。」琪琪小聲的說完，對圍在她身邊一臉歉意的人說：「我不知道船也要靠風才能行駛。」

「對，像這種帆船，如果沒有風，就變成了虛有其表的擺設。」

琪琪把襯衫夾在腋下，邁開步伐。吉吉從身後追了上來，說：「蜻蜓他們一定在擔心妳。」

「啊！」

琪琪停了下來，然後，仰望昏暗的天空。

「我晚一點再打電話給他。」

「萬分抱歉，送來這裡的途中，襯衫不小心被風吹走了，掉進河裡。現在雖然已經乾了，但我會在明天之前洗乾淨，熨燙好之後再送過來。這是筆挺屋的襯衫，原本真的是筆挺筆挺的，我也會努力燙平它。請妳原諒。」琪琪捧著皺巴巴的襯衫，對站在青木莊房間門口的太太說。

「喔，是這樣啊？真辛苦。這是我準備送給我兒子的生日禮物，所以，可不可以請妳整理好之後再送過來？給妳添麻煩了。」那位太太也一臉歉意的說。

這時，一個年輕男人從她的身後探出頭，問：「怎麼了？」

「我看你老是穿一些奇奇怪怪的襯衫，所以，心想你至少應該有一件正式的白襯衫，就請人幫你做了一件……」

「結果，因為我在遞送時的失誤……變得這樣皺巴巴了。」

「我看看，我看看。」

男人接過襯衫。

「很好看啊，這些皺褶，看起來很順眼。」

「很順眼？你又在說一些莫名其妙的話了。」

「媽，這叫時尚——流行。知道嗎？我去試穿看看。」

「真拿你沒辦法。」

太太攤開雙手。

男人很快換好襯衫走了出來。他豎起領子，捲起袖子，敞開胸前的兩顆釦子，好像這件襯衫很久以前就屬於這個男人似的。

看起來很順眼……

琪琪突然覺得很好笑。

大功告成，琪琪和吉吉終

於踏上了黑漆漆的歸途。這半天的時間，真是忙懷了。
「但是、但是，這樣就算完成工作了嗎？」
「對啊。」
「不過，筆挺屋的老奶奶恐怕會不高興吧？」
「有什麼關係？老奶奶喜歡筆挺的衣服，那個男人喜歡皺巴巴的。」
「可是、可是，琪琪，妳覺得這樣真的好嗎？」
「吉吉，你真囉嗦。既然皆大歡喜，不就夠了嗎？」
琪琪雖然這樣對吉吉說，但老實說，心裡的確有點忐忑不安。

「喔——原來還有水上俱樂部。」
蜻蜓在電話彼端發出感慨的聲音。
「對啊，飛行俱樂部和水上俱樂部都需要風，很好玩吧？不過，那時候我真是嚇壞了。在事情結束之前，我真的把你們忘得一乾二淨。對不起，我這樣突然消失，你一定很擔心吧？」

「沒有啊，完全沒有。我看妳飛的樣子看得太出神了，妳真是飛得太好了。」

「真的嗎?姿勢會不會很難看?」

「沒有，妳飛的樣子很輕鬆，很有效率。真是厲害。飛進風中的角度也切得剛剛好。雖然有點慌張，但飛的樣子很好看，沒有手忙腳亂，很有架式。那時候我就在想，原來，那就是魔法。」

「是嗎……」

琪琪說到一半，突然想起一件事。

剛才，自己對吉吉說：「既然皆大歡喜，不就夠了嗎?」然而，琪琪現在才領悟到，既然是送重要的東西，或許不能這麼輕率。畢竟，自己是因為擁有魔法才能在天上飛。

琪琪輕輕戳了戳自己的臉。

但是……蜻蜓說，他看得出了神。

剛才問他擔不擔心，他竟然說完全沒有……完全沒有。聽了真讓人覺得掃興。

琪琪的耳邊又響起蜻蜓那句「完全沒有」。

6 琪琪，送嬰兒的照片

琪琪把手伸進口袋，從裡面拿出一片樹葉，壓平後，夾在筆記簿裡。

「那個小嬰兒今天又送我樹葉，不知道總共有幾片了。」

琪琪翻開筆記簿，裡面夾了各種不同形狀的樹葉，有些已經變成了黃色，有些還沒有乾。琪琪每天早晨去公園跑步時，停在入口附近嬰兒車裡的小嬰兒，都會「噯、噯」的伸手拿樹葉給她。她捨不得丟，就夾進筆記簿。已經連續好幾天了。

「琪琪，妳最近每天早晨都去練跑，已經在為除夕的馬拉松大會做準備了嗎？」

麵包店的索娜太太向正要出門的琪琪打招呼。

「嘿嘿嘿，被發現了。去年我沒能夠跑成，所以，今年至少要擠進前十名。」

其實，琪琪每天早晨跑步並不完全是為了馬拉松大會。回家探親時，她曾經對媽媽可琪莉夫人說：「魔女好像不該整天騎著掃帚飛，偶爾也應該走一走。」她想持續這個習慣。

像這樣不帶掃帚，也不帶吉吉出門，走在街上時，會覺得整個人都神清氣爽。

琪琪跑進公園時，突然聽到有人說：「妳好，妳每天都很有精神啊！」她停下腳步，發現是每天早晨都會見到的鬍子爺爺。他站在那裡，雙手緊握著刻了一隻長耳朵狗的拐杖。

「啊，你早。」

「對了，小姑娘，妳會在天上飛吧？」

「呃，對啊。」

「現在看到妳，我才想起一個問題……會在空中飛的人，當年紀大身體不再靈活的時候會怎麼樣？是飛不起來了，還是只能飛得低低的？妳即使到了我這種年紀，身體不再靈活時，應該也不需要拐杖吧？」
老爺爺把整個身體的重量都壓在拐杖上，注視著琪琪。
「啊！」
琪琪驚訝的叫了起來。她從來沒有想過自己的年紀會愈來愈大這個問題。對了，故事裡的魔女幾乎都是老奶奶。但在琪琪的周圍，從來沒出現過上了年紀的魔女，可琪莉夫人還很年輕，可琪莉夫人的母親，也就是有魔法可以讓便當不變質的琪琪的外婆，在琪琪出生以前就離開了人世。
以前，可琪莉夫人曾經告訴琪琪：「妳外婆雖然很早就過世了，但她是個笑口常開的人，而且，說話很大聲……無論別人拜託她什麼事，都會說『好，好，好，沒問題』，她去世的三天前，還整天飛來飛去，也經常和比她年紀更大的人聊天。」
「對我來說，這根狗狗拐杖就是我的支柱，我以前從未想過，自己竟然會對一根木棍心存感激。啊，不好意思，打擾妳了，明天見。」
老爺爺輕輕舉了舉戴在頭上的帽子，然後，用盡全身的力氣把拐杖向前挪了一步，身體也跟著向前移動一步。琪琪茫然的看著老爺爺彎曲的背影。

我真的太無知了。

琪琪的外婆經常放聲大笑，不知道她對自己是魔女這件事有什麼想法。聽說她待人很親切，不知道她是不是偶爾會思考，因為是魔女，不同於一般人，所以要承受別人特殊的眼光。

琪琪用力甩開突然浮現在腦海中的這些想法，繼續跑了起來。

「嗳、嗳。」

坐在嬰兒車上的小嬰兒遠遠看到琪琪，又像往常一樣高舉拿著樹葉的手。

「哇，謝謝你。」

琪琪跑了過去。這時，不遠處正忙著打開一個沉重紙包的女人抬起頭。

「啊，謝謝惠顧。還是這孩子的報紙銷路比較好，真是太諷刺了。」

女人嘴巴張得大大的，爽朗的笑了起來。

「報紙？」

「對啊，這孩子當作自己在賣報紙，他是在學我。才一歲多一點就會模仿大人，不知道他會不會是天才？呵呵呵呵。妳今天來得比較早嘛。」

「呃，是……妳認識我嗎？」

「當然，妳是這孩子的客人，而且是有名的魔女小姐。我經常在公園入口旁賣報紙，嬰兒車放在旁邊會擋路，所以，就把他放在這裡。不過，我隨時都會注意他。」

「原來是這樣，我經常在想，不知道他媽媽在哪裡。他送我的樹葉，我都有好好保存起來。」

「是嗎？看來，這孩子也有老主顧了。對了，魔女小姐，妳為什麼每天早晨都來跑步？鍛鍊身體嗎？」

「這也是原因之一，不過，更主要是為了認識各種不同的人。」

「妳喜歡結交朋友嗎？」

「對，很喜歡。」

「喔，是這樣啊。大家都很喜歡交朋友。妳認為真的有那種喜歡絕對、完全孤獨的人嗎？」

「有這種人嗎？那不就像石頭一樣？」

「啊喲，魔女小姐，妳是不是可以用魔法把東西變成石頭？可不可以請妳帶回我家那口子，用魔法把他變成石頭？不然，他老是神龍見首不見尾。」

「那口子？」

「就是指我老公啦。啊，糟糕，我要去賣報紙了。光顧著說話，早報會變成晚報了。」

女人對嬰兒吩咐了一句「你要乖喔」，就抱著報紙離開了。

「晚一點我再去找妳商量。我知道妳住在古喬爵麵包店，對吧？」

「但是，我不會把東西變成石頭的魔法……」琪琪慌忙告訴她。

女人回過頭，對她點點頭，然後走向公園門口，很有精神的叫了起來。

賣報、賣報，
快來買報。
不看報紙，
就什麼都不知道。

中午過後，賣報的女人推著嬰兒車出現在琪琪的店裡。

「魔女小姐，我們早上見過面……我直接過來找妳了。」

「我叫琪琪，牠叫吉吉，是我的工作夥伴。」

琪琪等女人坐下，女人向吉吉打了招呼，說：「請多多關照。」吉吉伸長前腿，翹起屁股，代替了牠的回答。小嬰兒「嗳、嗳」的拿出一片樹葉，丟給吉吉。

「唉喲喲，真會交際。這孩子叫沙亞。我是賣早報的瑪亞。我家不知去向的那口子叫嚴太。」

「他不知去向了嗎？」琪琪訝異的問。

「對，雖然他自己不這麼認為，對我來說，就是不知去向。這次他寄了這個回來給我。」

瑪亞從肩上的皮包裡拿出三張明信片，對沙亞說：「拿給姊姊。」沙亞動作熟練的「噯、噯、噯」了三次，一張一張遞給琪琪。

「我家嚴太的工作是發現家。他工作很認真……之前發現了『鋸齒彗星』。妳聽過嗎？報上有登喔？聽說，很少有彗星的路徑是鋸齒狀的。那一次，他失蹤了二十三天，爬到不知道哪座山的大樹上觀察星星，真是服了他。嚴太的工作就是把這些新奇的事物寫在報紙上。他很受歡迎喔，只要有登他寫的報導，報紙就賣得特別好。這次，他去找一種名叫『唱歌獸』的動物。已經快一年了，不知道他去了哪裡……不是有某個國家有一種偷懶獸嗎？聽說牠們是親戚，都會倒掛在樹上一動也不動，根本不知道牠們到底活著還是死了。但這種動物會唱歌，聽說會合唱。這只是傳聞，從來沒有人真正聽過牠們的歌聲。所以，嚴太就說要找到唱歌獸生活的地方，錄下牠們的歌聲。於是去了克里克灣南方很遠很遠的群星群島，聽說唱歌獸在那裡出沒。他出發之後，就再也沒有回來。群星群島是由一百多個小島組成，要費很大的工夫才能找到唱歌獸。我完全搞不懂這種事對社會有什麼幫助……嚴太說，那是他生命的意義。

我對他說，他可以做他想做的，不過，沙亞愈來愈大，他卻只寄了三張明信片……他至少該看看沙亞長大的照片呀。」

「這麼說，我不需要將嚴太先生送回妳身邊囉？」

「要說服像石頭一樣的男人，可不是一件容易的事。」

瑪亞太太笑著轉動眼珠子，從皮包裡拿出一張照片。

「這是我老公。」

蜻蜓！

琪琪差點叫出來，好不容易才把話吞了下去。照片上的那個人，圓圓的眼鏡後方，是一對小而靈活的眼睛，寬寬的額頭，尖尖的下巴，還有瘦巴巴的身體。幾乎和蜻蜓長得一模一樣。

琪琪再度看著手上的明信片。

「這幾張明信片是怎麼寄到家的？」

「應該是他拜託路過船隻上的人，幫他丟進哪個港口的郵筒吧？」

瑪亞太太「呼——」的嘆了一口氣，抱起嬰兒車裡的沙亞。

第一張明信片上寫著「在這裡」，畫了五個長臂動物掛在樹枝上的樣子。

第二張明信片的正中央畫了兩個圓圈，中間有一面三角形的旗幟。

最後一張是把明信片橫放後，畫了幾個音符，寫著：

「這裡！這裡！」

「只有這些線索嗎？」

琪琪看著瑪亞太太。

「對啊。」

「光看這幾張照片，根本不知道他在哪裡。」

琪琪懊惱的皺著眉頭。

「還是不行嗎？我原本還抱著期待，以為魔女小姐一定有什麼辦法……」

「對不起，幫不上妳的忙……」

「不，沒關係，沒關係。」

瑪亞太太很乾脆的回答。琪琪鬆了一口氣，把手上的明信片一張一張遞給沙亞。

「噯，噯，這是爸爸寫來的喲。」

沙亞也「噯、噯」的接了過去，指著動物的圖案，突然叫著「汪、汪」。

「他說這是汪、汪……這孩子，竟然學會叫汪、汪了。」瑪亞太太突然熱淚盈眶的說。

「琪琪，可不可以請妳把這孩子的照片送去給我老公？」

瑪亞太太露出嚴肅的表情。沙亞也注視著琪琪。

「但我只會飛而已，既沒有千里眼，也不會分析謎題……」

琪琪滿臉歉意的說到一半，突然改了口。

「或是……可以請妳多給我一點時間嗎？」

琪琪突然想去找嚴太先生，也想把可愛沙亞的照片送去給他。明信片上寫的「在這裡」幾個簡單的文字背後，或許隱藏著他不惜和心愛的沙亞、瑪亞分開，也要努力尋找的東西。如果可以，琪琪也想見識一下。而且，嚴太先生和蜻蜓長得那麼像，或許找蜻蜓商量，可以找到什麼線索。

「反正我已經等了一年，再多等幾天也無妨。」

瑪亞太太說完，留下三張明信片，還有沙亞和自己的照片後，就轉身離開了。

瑪亞太太走了以後，吉吉跳了過來。

「什麼是發現家？」

「你剛才不是有在聽嗎？就是專門尋找稀奇東西的人。」

「什麼是稀奇的東西？」

「比方說，唱歌獸。」

「但是，唱歌獸應該不覺得自己是稀奇的東西吧？」

「那當然，只是我們這麼認為而已。」

「對啊，人類真是多管閒事。」

「但是，那是會唱歌的動物耶，牠

們會合唱耶。」

「我也會唱歌啊，呼呼呼嘿，嘿哈嘿哈，我是會唱歌的貓。多、多、關、照。」

吉吉昂首挺胸。

「你在唱歌嗎？」

琪琪噗哧一聲笑了出來，然後，趕緊一臉嚴肅的看著吉吉。

「吉吉，你最近常常說一些讓人傷腦筋的話。」

「才沒有哩，我只是在深入思考。不過……琪琪，妳也很稀奇啊。妳被發現了。魔女，會飛的女孩！鏘鏘鏘鏘！」

「真是的！」

琪琪驚訝的倒吸了一口氣。

琪琪戰戰兢兢的推開了毛玻璃上用透明的字寫著「飛行俱樂部」的大門。她比和蜻蜓約定的三點提早五分鐘到了。

琪琪從半開的門中探頭張望。

「你好。」
「嗨！」
黑暗中，蜻蜓的眼鏡閃著白光。
「聽說妳要尋找島嶼？我請他們準備了大地圖。」
琪琪從口袋裡拿出三張明信片和嚴太先生的照片，排列在桌上。
蜻蜓探頭張望。
「喔，這個人是發現家嗎？帥呆了。」蜻蜓看了一眼說道。
「你有沒有見過他？」
琪琪忍著笑，看著蜻蜓。
「沒有啊，為什麼這麼問？」
「因為，他長得和你超像的。」
「有嗎？」蜻蜓又急忙看了一眼照片。
「說我和發現家很像，太光榮了。」
「你知道有一種叫唱歌獸的動物嗎？」

「嗯，我聽過，好像是住在某個島上的珍奇野獸，會聚在一起合唱。啊，這張明信片上的畫應該就是吧？」

「這個人就是去找這種動物。」

「真的嗎？好厲害。」

「有這麼厲害嗎？他兒子很可愛喔，但這個爸爸一直不在身邊，我認為，小孩子比珍奇野獸更重要。所以，他家人託我送小嬰兒的照片。但是，我只知道這座島在克里克灣南方很遠的群星群島……就這樣而已。這幾張明信片是唯一的線索。蜻蜓，你和他很像，或許有什麼好主意……」

蜻蜓拿起明信片反覆看了好幾遍。

「等一下。」說著，他翻開了大地圖冊。

「好厲害，群星群島竟然有這麼多小島。他還真會找，呃，我想……」

「你想？」

「這張明信片上的兩個圓圈，或許代表小島的形狀。群星群島是珊瑚礁形成的，所以，或許有這種形狀的島。妳看，這上面有彎月形，也有圓形……這兩個圓圈，或許是戒指形狀的島，島的正中央是海……」

「是嗎？太好了。」

琪琪鬆了一口氣。

「不，別高興得太早。這裡的島嶼不計其數，他能夠找到這座島，還真是不容易。我也好想試試，尋找別人從來沒有看過的東西，成為第一個看到的人，光是用想的就渾身熱血沸騰。冒險太刺激了。」

「是嗎？當第一名有那麼好嗎？」

琪琪看到蜻蜓熱中的看著嚴太先生的照片，莫名感到生氣。

蜻蜓經常說，希望自己無所不能，或是要去探險，做和別人不一樣的事。他每次都只想到自己……他不會為小嬰兒和瑪亞太太著想嗎？嚴

太先生很奇怪，蜻蜓也莫名其妙，真是過份的無憂無慮。

琪琪突然想起昨天吉吉說的話。

「蜻蜓，我覺得，唱歌獸根本不會認為自己是什麼珍奇動物，都只是人類在那裡吵吵鬧鬧而已。」

「啊？」蜻蜓一臉錯愕的抬起頭。

「反正，我明天會去看看。」

琪琪站了起來。

「妳覺得這樣就能找到嗎？太魯莽了，妳根本沒有多少線索嘛！」

「但是，我已經答應了，我不能拒絕上門的工作。無論如何，我都要去看看，如果找不到，再回來就好了。」

「琪琪，妳好厲害，可以去那裡，也請妳分一點魔女分子給我。」蜻蜓對琪琪笑著說。

琪琪用力嘟起了嘴。

他真遲鈍。

琪琪說了一聲「再見」，就打開門，衝了出去。

第二天，天剛亮，琪琪就迫不及待的出發了。

好久沒在海上飛了。

離開克里克灣，風向突然改變，琪琪巧妙的借用這風力，迅速飛向高空。在遼闊的大海上飛行，昨天和蜻蜓之間的小小不愉快也好像慢慢從腦中飛走了。

飛在天空中，果然可以令心情舒暢。

琪琪再度加快速度。

「不要飛這麼快啦，如果掉進海裡，就一命嗚呼了。」

吉吉大聲叫著，以免聲音被迎面的風蓋過去。

「我要在傍晚以前趕到，萬一天黑就慘了，所以，要和太陽比賽。」

琪琪回答後，伸手把吉吉抱到自己胸前。

紅色夕陽映照下的天空漸漸變淡，在遙遠的海平面附近，點綴著無數小島。衝擊小島的海浪好像白色動物般蠕動著，琪琪開始緩緩降落。

這裡的小島數量真是不可勝數，好像有一隻大手從天空中摘下無數星星撒在海面上。就像蜻蜓說的，小島分別形成各種有趣的形狀，有像鎖鏈般連在一起的，也有像彎月或半圓，當然，也有圓形，或是像蛇扭著身體一般的形狀。

「嚴太先生就在其中一座島上，到底要怎麼找啊。」

吉吉發出哀號。

「兩個圓圈的島……啊，那張畫！」

琪琪從口袋裡拿出明信片，把畫了兩個圓圈和三角旗的明信片放在眼前。

「這兩個圓圈到底是什麼意思？蜻蜓是說，中間是海嗎？還是中間是島？」

琪琪的心開始怦怦跳。

早知道該向蜻蜓問清楚。

我太性急了，沒問到重點……

天空慢慢的、慢慢的暗了下來。

如果不趕快找到，今天晚上就必須在某個島上過夜了。她看了一下四周，不僅看不到可以住宿的地方，甚至沒看到有人居住的島。
她的心跳得更快了。琪琪張大眼睛，繼續向前飛。
兩個圓圈、兩個圓圈的島。
她的喃喃自語和怦怦心跳聲，都傳入腦海中拚命打轉。
為什麼畫得這麼不清不楚？
琪琪開始對嚴太先生生氣起來。
「妳還好吧？」
吉吉緊緊抱著琪琪。
「沒事啦。」琪琪氣鼓鼓的回答。
風愈來愈冷，原本帶著一抹明亮的天空，也漸漸變成和大海一樣漆黑。
突然，眼前好像閃過一點光亮。
「星星嗎？」
琪琪抬起頭。但光不是來自上面，好像是下面。
琪琪急忙張大眼睛，卻沒看到任何光，只有一片漆黑的大海，與更深的小島影子

連成一片。

「看錯了……」

她喃喃自語的聲音微微發抖。琪琪背著吉吉，偷偷用袖子擦了擦眼睛。

這時，眼前又唰、唰的閃了兩次光。

「哇，有燈光！」

琪琪叫了起來。然後，整個人像是俯衝般的急速下降。

這座島就像蜻蜓說的那樣，真的像是戒指的形狀。正中央是圓形的大海，大海的中心好像有什麼東西在晃動。飛近一看，原來是那張明信片上畫的三角旗，插在浮筒上飄揚著，可能是作為標記。風一吹，就傳來啪答啪答的聲音。

「這裡！就是這裡。」

琪琪差點飛過頭，趕緊飛了回來，降落在沙灘上。島上覆蓋著茂密的樹林，樹林中的確透出燈光。

琪琪抱緊吉吉，撥開樹木和草叢走了進去。一個男人坐在樹木和樹木之間的吊床上，旁邊有個用樹枝和草搭建的小木屋，從縫隙中透露出微微的燈光。

那個人聽到琪琪的腳步聲，轉過頭一看，結果嚇了一跳，吊床翻了個身，整個人跌在地上。

「你是嚴太先生嗎？」

琪琪一邊問，一邊走了過去，然後從口袋裡拿出沙亞的照片遞給他。

「我是克里克城的魔女宅急便，有東西要送給你。」

「喔，喔喔。」

嚴太先生慌忙走到燈光旁，看著照片。

「不可思議，太不可思議了，沙亞竟然長這麼大了。」

你才不可思議呢。琪琪在心裡頂了一句。

「嗯，嗯。」嚴太先生看著照片，拚命點頭，接著，突然抬起頭。

「但是，妳怎麼知道我在這裡？啊，啊！妳是魔女，一定有圓圓的水晶球，可以看到整個世界……」

「哼！」

琪琪用力閉上嘴巴。

又是這種話！如果我有水晶球，就不需要這麼辛苦了。我唯一的魔法，只有不拒絕客人的要求……

「我是從這張明信片找到的，簡直就像在玩腦筋急轉彎。多虧天色暗了下來，我才看到燈光……」琪琪拚命克制自己滿腹的抱怨說道：「其實，你可以寫得更詳細一點……」

「對不起，即使我想寫，也不知道自己到底在哪裡。我搭了好多艘船，輾轉來到這裡……花了很長的時間，才終於到達……不過，這裡偶爾會有船經過，所以，就請人幫我寄明信片。」

嚴太先生用手撥著一頭蓬鬆的頭髮，被太陽晒黑的臉上長滿了鬍子。但眼鏡後方那雙發亮的眼睛和蜻蜓一樣，充滿專注的眼神。

「我要立刻趕回去，沒想到會弄到晚上。」

琪琪轉身準備離開。

「啊？妳要走了嗎？要不要明天再走？這裡的黎明很美。」嚴太先生衝過來說道。

「但是……」

琪琪說到一半，不禁停下了腳步。

也對，我之前不是想見識一下，是什麼東西讓嚴太先生這麼投入嗎？

「但是，沒問題嗎？」琪琪有所顧忌的問。

「沒問題，當然沒問題。」

嚴太先生把吊床讓給琪琪。

「魔女小姐，快醒醒。」

嚴太先生壓低嗓門叫著，琪琪醒了過來。

「張大眼睛，注意看那些樹枝。」

琪琪順著他指示的方向看去，發現有許多小小的黑色影子身體懸空，分別用右手抓著樹枝。大致估算一下，差不多有五十隻。

「那就是唱歌獸嗎？」琪琪問道。

嚴太先生默不作聲的點點頭。

唱歌獸一動也不動，好像變成了樹枝的一部分。四周一片寂靜。

天空微微改變了顏色，同時，地面傳來低沉的聲音。

喳喳喳　哩哩哩

喳喳喳　哩哩哩

剛開始，聲音有點參差不齊，但漸漸整齊起來，感覺像在集體祈禱。

過了一會兒，天色亮起來後，歌聲驟然停止。取而代之的是鳥啼和海浪的聲音。

唱歌獸仍然懸在樹上，一動也不動。

「妳聽過宇宙的合唱嗎？就是在夜晚和清晨交界那一刻，所出現的聲音。」嚴太先生問。

「嗯，我好像聽過。」

「啊？妳聽過。真羨慕……當魔女真好……」

「不，我只是聽說過有這麼回事。」

琪琪一邊回答，一邊覺得他說「真羨慕……當魔女真好」的口吻很像蜻蜓。

「妳也聽不到嗎？聽說，唱歌獸聽得到。」

「真的嗎？」

「我覺得應該是。因為，牠們剛才的歌聲聽起來是不是很像在說『在這裡、在這裡』？」

「聽你這麼說……還真的有點像。」

「我覺得，唱歌獸正在代表地球上所有的生物回應著超越這個世界的遙遠地方。這或許只是我的一廂情願……但我聽到牠們的歌聲時，總是有這樣的感覺。我希望可以讓瑪亞、沙亞，還有更多人聽到這種聲音。」

嚴太先生的眼眶有點溼潤，琪琪的體內不斷回響著剛才的歌聲，那將成為永生難忘的聲音。

明信片上的「在這裡」，原來是這個意思。

「我還要繼續留在這裡一段時間，錄下那個聲音後才回家。況且，還要看能不能順利遇到路過的船隻，說不準什麼時候才能回到家。不過，這裡每隔十天就有船經過，回去應該不是問題。昨天晚上，我寫了明信片給瑪亞和沙亞，可不可以請妳幫我帶回去？」

嚴太先生說了一聲「拜託」，將明信片交到琪琪手上。琪琪忍不住笑了起來。嚴太先生的眼神和語氣，和沙亞簡直如出一轍。

琪琪在朝陽中飛回克里克城，緊抓著她肩膀的吉吉說：「蜻蜓說，希望妳分一點魔女的能力給他，但我覺得其實妳早就分給他了。因為，宅急便的工作不就是這樣嗎？」

「吉吉，其實我也得到了好多。今天早晨聽到的歌聲，就是最美妙的報酬，你不覺得嗎？」琪琪轉過頭說。

7 琪琪，送漂亮給自己

昨天深夜的一場雨，使今天清晨的空氣格外清澈，天空一片蔚藍，只在天空的角落，有一片初秋時分常見的像蛋花湯般的雲朵。琪琪打開門，深深的吸了一口新鮮空氣。

「琪琪，早安。」

索娜太太向她打招呼。抬頭一看，索娜太太正帶著蹣跚學步的小諾諾在麵包店門口玩。

「吉，吉——吉，吉——吉。」

小諾諾一看到吉吉，就嘟著流口水的嘴跑了過來。吉吉一看到，頓時轉身躲進屋裡。小諾諾身體正往前撲，準備抓住吉吉，卻撲了個空，跌倒在地上，哇哇大哭起來。

「啊，真對不起，吉吉真壞。」

琪琪抱起了小諾諾。

「沒關係，沒關係啦，這孩子，最近喜歡亂抓東西，昨天，他手上抓了一把吉吉身上的毛。吉吉一定痛死了，所以才會躲開。」

索娜太太從琪琪手上接過小諾諾，笑了起來。

「索娜太太，妳的裙子好漂亮，這個顏色好美。」琪琪指著裙子說。

索娜太太身上穿了一件從沒看她穿過的裙子。

「喔，這件裙子是上次在什麼都有市集買的，是二手衣。琪琪知道那裡嗎？就是在

櫸樹路上的露天市場。」

「對，有好幾次，我都從市集上空飛過。」

「我是在維小姐的攤位買的。她設攤的時候，喜歡把所有商品都掛在兩棵櫸樹上，聽說，這件裙子是十年前的流行款，我很喜歡這個顏色。」

「真的很漂亮。不知道以前穿這件裙子的是怎樣的人？」

「我也很想知道。」

索娜太太拉起裙角，張開裙子。

「這家二手衣店的老闆在開店的時候，還會寫詩呢！她的詩還真令人費解，不過，賣的衣服都很好看。妳路過的時候，不妨去逛逛。」

「但是，我只能穿這身衣服。」

琪琪指著自己的裙子。

「對喔。但那裡也有絲帶和其他東西。啊，我要開店了。」

索娜太太慌忙走進店裡。吉吉馬上從裡面走了出來。

「吉吉，小諾諾這麼可愛，你怎麼這樣壞心眼？」

「是很可愛，但她穿尿布的樣子實在不敢恭維，走起路來搖搖晃晃的。等她開始穿裙子，我再陪她玩。」

「你喔！」

琪琪驚訝的看著吉吉。沒想到，連吉吉也喜歡穿裙子的女孩子。

「吉吉，要不要陪我去散步？」琪琪問。

「啊，我知道了，妳要去什麼都有市集。」

吉吉興奮的跳上了掃帚。

琪琪在什麼都有市集降落後，隨興走走逛逛。

道路兩側設了許多小店，但並不是正式的店面，而像是臨時設置的攤位，老闆把杯子排在桌上，或是把野花插在小籃子裡。

「如果我要開店，就要開鈕釦店。」琪琪對坐在她肩上的吉吉說。

「我會幫忙當夥計。」

「喔？你要做什麼？」

「招財貓啊。是不是要說『歡迎光臨』？」

「呵呵呵，好主意。我要在這件魔女衣服別上很多鈕釦，然後叫賣『要不要買鈕釦，只要看到喜歡的，我馬上剪給你』。魔女的衣服是黑色的，可以襯托鈕釦，生意一定很興隆。」

琪琪搖晃著自己的裙子。

突然，琪琪「啊」的輕輕叫了一聲。她看到小巷子旁的冰淇淋店門口，蜻蜓正和一個女孩子一邊吃著冰淇淋，一邊聊天。

「是蜻蜓。」

琪琪正想跑過去，但很快停了下來。因為，她發現和蜻蜓說話的女孩子是蜜蜜。琪琪很快走過那條巷子。他們兩個人似乎聊得很愉快。而且，蜜蜜身上穿的那件草莓色燈籠袖洋裝也很漂亮。

琪琪突然覺得心跳不已，連她自己也感到納悶。

「妳不去找他嗎？為什麼？」

吉吉用力抓著琪琪的肩膀。

「嗯……」

琪琪用幾乎聽不到的聲音應了一聲，開始顧左右而言他，「對了，維小姐的店是在電線杆那裡嗎？」

「不是，是櫸樹。」吉吉大聲叫著。

「你不要吼嘛……」

「我哪有吼，我只是告訴妳是櫸樹那裡。」

吉吉也突然不高興起來，氣得豎起了渾身的毛。

在什麼都有市集的盡頭，終於看到兩棵好像在比賽個頭的櫸樹。一棵樹上掛著男裝，另一棵樹上掛著女裝。兩棵樹中間坐了一個女人，正低頭在筆記簿上寫著什麼。她應該就是維小姐吧。

琪琪走了過去，摸著每一件衣服。有裝了很多蕾絲的禮服，也有裙襬寬敞的裙子，還有花卉或是圓點圖案的洋裝。衣服旁掛了幾個皮包，樹根旁排列著鞋子。無論衣服、鞋子都很漂亮。琪琪不禁嘆了一口氣，維小姐抬頭看了看琪琪。

「咦？是魔女小姐嗎？」

「對。」

琪琪點頭。

「我好驚訝。之前就聽說妳住在這裡……沒想到妳會來逛……」

「這身黑色衣服，一下子就被認出來了。」

「很漂亮啊，很適合妳。」

「但是，看到這麼多漂亮衣服，覺得好羨慕。」

琪琪試圖擠出一個笑容，但剛才蜜蜜的那件草莓色燈籠袖洋裝浮現在眼前，她的臉頰不禁抽動了一下。

「但這裡都是二手衣。」

「生意好不好？」

「還算過得去。」

「很快就會賣完嗎？」琪琪緊追不捨的問。

「對，嗯……」

維小姐納悶的看著琪琪。

琪琪轉頭看著一件剛才就吸引她目光的洋裝，上面有很多波斯菊。以前，琪琪住的城市，有間服裝店也掛了一件相同顏色的洋裝。琪琪原本打算穿上那件衣服踏上修行之旅，但可琪莉夫人說，魔女的衣服規定是純黑色的，不同意。所以，這個花色一直留在琪琪的心中。

我穿那件洋裝一定很漂亮。

琪琪想像著自己穿上洋裝的樣子，偷偷的和剛才蜜蜜身上的洋裝比較了一下。

維小姐又低頭寫著什麼。

「啊，我聽索娜太太說，妳會寫詩。」琪琪說。

「索娜太太？喔，妳是說麵包店的老闆娘。妳想不想看看？」

維小姐拿著筆記簿站了起來。

「好啊、好啊。」

琪琪連續用力點了兩次頭。

筆記簿上寫著以下這首詩。

心在痛
即使閉上眼睛
還是心痛
即使屏氣凝視
還是心痛
即使想要逃避
心還是還是在痛

「這是情詩。」維小姐得意的說。

這是情詩？

索娜太太說，她寫的詩怪怪的，現在實際看了，確實有點怪。

然而，「心在痛」這幾個字突然在琪琪的耳邊產生了回響，好像伴奏一樣不斷重複，停不下來。是因為剛才看到蜻蜓和蜜蜜在一起的關係嗎？琪琪似乎被這首詩打動了。

琪琪抓著波斯菊洋裝的裙襬，張大眼睛看著，久久不願離去。以前，可琪莉夫人曾經說過：「自古以來，魔女就會竭盡自己所有的能力幫助他人。魔女的黑色，包含了世上所有的顏色，所以是最適合魔女的顏色。」

但是，波斯菊的圖案實在太漂亮了。琪琪不禁輕輕嘆了一口氣。

這時，有人從相反的方向拿起琪琪手上抓著的洋裝。琪琪慌忙拉了回來。

「妳幹麼？我要看這件啦。」

一個和琪琪差不多年紀的女孩子從衣服後面探出頭。

「我喜歡這件，想試穿一下。阿姨，可以嗎？」女孩問了再度低頭寫詩的維小姐。

「好啊。」

維小姐輕鬆的應了一聲，抬起頭，琪琪立刻向前跨出一步，快速的說：「我正想試穿這件衣服，維小姐，可以嗎？」

「什麼？」女孩尖聲叫了起來。

「不行嗎？」琪琪也提高了嗓門。

「不行，是我先看到的。阿姨，對吧？而且妳身上的黑色洋裝就很好看啊。」

「不行。我先來的。」

琪琪情不自禁大聲叫了起來。她已經控制不住自己了，然而，心裡卻對自己的態度感到驚訝。

「妳好奇怪，是我先說要試穿的耶。」

女孩瞪著琪琪，用力扯著衣服。維小姐十分驚訝，頓時不知所措。

「那算了，我不試穿了。我要買這件衣服。多少錢？」

女孩無視琪琪，打開皮包。

「啊，呃，這個……」

維小姐眼神閃爍，用悲傷的眼神看著琪琪，突然很有精神的說：「啊，我剛才已經說好要賣給這位客人，對不起，我都忘了。」

琪琪的身體一顫。維小姐向女孩低下頭。

「對不起，所以……妳要不要看看其他衣服？我算妳便宜點。」

「我不要，那算了。」

女孩生氣的轉身就走。琪琪不知如何是好，維小姐笑著對她說：「魔女小姐，妳試穿看看吧。」

「對不起，我剛才昏頭了。我根本買不起這件衣服。」

琪琪渾身顫抖的往後退。

「沒關係、沒關係，這件衣服借妳穿。魔女休息半天也沒關係吧，妳穿這件衣服去散散步吧。」

「這、這怎麼行？我……」

「有什麼關係，我也想看看漂亮的魔女小姐。」

「但是……」

「別說那麼多了。不過，我也不會勉強妳。」

說著，維小姐準備將琪琪手上的洋裝掛回樹上。

「我，要穿。」

琪琪幾乎撲了上去。

琪琪換上波斯菊圖案的洋裝後，在維小姐的建議下，穿上一雙白色鞋子，把自己的黑色洋裝、鞋子和掃帚寄放在維小姐那裡，邁開了步伐。走路的時候，還不時搖一下腰部翩翩起舞，悄悄垂眼看著裙子，裙子就像波斯菊花的風車般轉動著。

琪琪樂此不疲的試了很多次。

「到底要走多久？再走，就要走進海裡了。」

吉吉剛才還抬頭看著琪琪，滿足的在喉嚨裡發出叫聲，但現在似乎感到累了。

「我要把漂亮的我送到目的地，要去『海洋指定席』。」

「什麼？海洋指定席？真的嗎？那裡不是很高級嗎？都是大人去的地方，而且，都是有錢人……」

「對啊，我要去那裡，坐在靠海最好的座位，吃裝在百合花形狀玻璃杯裡的冰淇淋。我以前看過，感覺超有氣質的。即使把我辛苦存下來的錢全部用完也沒關係。今天是特別的日子，我要鋪上蕾絲的餐巾，用湯匙吃。和站在街角吃有天壤之別，那裡吃的東西叫『冰』，在高級餐廳吃的，叫『冰淇淋』。」

「對啊，拿在手上用舌頭舔啊舔的，怪難為情的。」

「哇，吉吉，你真善解人意！」

琪琪彎下腰，摸了摸吉吉的背。

「海洋指定席」這棟白色建築有個面向大海的庭院，白色桌子旁圍著淡藍色的藤椅。琪琪跟著身穿白色筆挺西裝的服務生來到最靠近大海的座位，坐著的時候，像美女一樣把兩隻腳交疊在一起。心臟緊張得快從喉嚨裡蹦出來了，她努力掩飾膽怯，對服務生說：「我要百合冰淇淋。」

不一會兒，裝在像剛綻放的百合花形狀的容器中的橘色冰淇淋端了下來，還附著白色蕾絲的餐巾和銀色湯匙。

「你看，你看。」琪琪小聲的對吉吉說。

「這個湯匙的前面有百合花的花蕊，好美。」

吉吉也讚嘆起來。琪琪飄飄然的用湯匙將冰淇淋送進嘴裡，不時用手指沾了一些給吉吉吃。這種冰淇淋，愈吃愈覺得美味無比。

吃完後，琪琪扶著下巴，眺望著大海。

她想起剛才蜜蜜抬頭看著蜻蜓，露出微笑的樣子，然後，琪琪也模仿她，做出露齒一笑的表情。然而此刻在她身旁的，只有餐廳的服務生，而且每個都像白色柱子般站得筆直。

海浪緩緩打來。遠處，有一艘白色的船沿著海平線駛過去，發出閃閃的光。

「呼——」

琪琪鬆了一口氣，兩腿換了個姿勢，輕輕順了順裙子。

心在痛。這幾個字從內心深處湧現。

剛才，蜻蜓和蜜蜜到底在聊什麼？蜻蜓和我聊天時，總是圍繞在用掃帚飛天的魔法的話題，不知道他和普通女孩子聊些什麼……

可能是因為夏天玩水季節結束的關係，附近空無一人。穿上這麼漂亮的裙子，坐在這麼漂亮的地方，為什麼連一件美好的事都沒發生？琪琪的嘴角漸漸下垂，吉吉也在她的腳邊「啊——」的打著呵欠。

就在這時，不知道什麼東西打中了她的鞋子。低頭一看，原來是一個溼漉漉的球在地上滾來滾去，雪白的鞋子沾到了泥沙和水漬，腳邊不知道什麼時候會出了一條嘴邊長了一團長長白毛的老狗，正吐著舌頭，流著口水向琪琪靠近。琪琪用腳踢開球，球一下子飛向大海，在海裡打著轉，漸漸遠去。那隻狗追了過去，跳進海裡，游著泳，把球咬在嘴裡，興奮的跳了回來，又把球放在琪琪的腳邊。牠一臉得意的仰望著琪琪，然後用迅雷不及掩耳的速度抖動著身體，飛出許多水花。琪琪身上裙子的薄質布料很快就溼了，黏在腿上。

「快走開啦。」

琪琪努力保持鎮定，小聲的對狗說。但那隻狗似乎把「快走開」聽成了「快來玩」，甩著尾巴撲到琪琪身上，用舌頭舔著琪琪的臉。溼溼的裙子上到處都是沙子，琪琪的臉上也沾滿了口水。吉吉不知所措的在旁邊的椅子上打轉。服務生們發出「噓！」的聲音，紛紛走了過來。

然而，琪琪卻突然有一種懷念的感覺。她回想起小時候，經常和吉吉這樣抱在一起玩。

「嗶——！」傳來一聲口哨。狗立刻把臉從琪琪身上移開。一個男孩不知道什麼時候出現在海邊看著琪琪，他的瀏海散在額頭前，遮住了一隻眼睛。

「對不起，達奇……」

「啊，不，沒有。」

琪琪語無倫次，情不自禁的站了起來。

「對不起，牠趁我不注意……」

那個男孩縮著肩膀，向琪琪低頭道歉。

「不知道為什麼，牠特別喜歡漂亮的顏色。」

男孩皺著眉頭笑了。琪琪突然高興起來，也對他展露笑容。

那個男孩連連道歉，琪琪告訴他沒關係，她會自己洗裙子，然後，穿著溼溼的裙子回到維小姐的攤位，將來龍去脈告訴了維小姐。維小姐很爽快的原諒了她。於是，琪琪向維小姐保證，明天會把衣服洗乾淨後，用魔女宅急便送回來，於是便抱著自己的黑色洋裝，踏上歸途。

8　琪琪，送黑色的信

鈴鈴鈴鈴、鈴鈴鈴鈴。

電話響了。

琪琪正要伸手接電話，鈴聲卻停了。

「打錯電話了。」

結果，電話又響了起來。

這次，琪琪拿起電話，很有精神的說：「你好，這裡是魔女宅急便。」

然而，卻聽不到電話傳來任何聲音。好像有人在另一頭憋住呼吸，小心翼翼的觀察著。

「喂喂、喂喂。」

琪琪提高了嗓門。電話那頭仍然靜悄悄的，琪琪歪著嘴巴，把話筒拿了下來。這時，電話彼端傳來急促的聲音。

「呃……請問……」

是小女孩的聲音。

琪琪慌忙把電話放回耳邊。

「喂，這裡是魔女宅急便。請說。」

「呃，請問……小孩子……也可以嗎？我想請妳送東西……」小女孩語帶顫抖的說：「請問……妳真的是魔女嗎？」

「對，我叫琪琪。」

「如果妳真的是魔女，就會穿長長的黑衣服，對吧？」

「對，是啊。」

「嘴巴很大嗎？」

「啊？嘴巴？」

琪琪驚訝的看著話筒，然後，有點傷腦筋的皺著眉頭。

「我想，應該不算是櫻桃小嘴啦……」

「啊，太好了。那眼睛呢？眼睛是什麼顏色？銀色嗎？」

「呃，我的貓的眼睛才是銀色，我是很普通的黑色，帶一點咖啡色。」

「會不會發亮？會不會發出可怕的光？」

琪琪訝異的用力閉上眼睛，然後張開。

「發亮？嗯，因為……眼睛本來就……有一點亮，但不會……發出可怕的光。」

「是喔……算了。」

女孩的聲音稍微平靜下來，說話也更清楚了。

「所以呢？請問有什麼吩咐？」

「妳可以幫我送東西嗎？」

「可以啊，這是我的工作。」

「那好，我在家門口等妳。我住在刺槐路……十三號，妳知道那裡嗎？我在門口等……妳要馬上過來喲。」

「好，我盡量。」

琪琪聳了聳肩，放下電話，看了看旁邊的鏡子。

「我的眼睛會發光嗎？」

然後，用力張開嘴巴。

「莫名其妙……好了，吉吉，出發了。」

「嗚——」

躺在床上的吉吉發出慵懶的聲音。

「外面不是很冷嗎？」

「才沒有。走了，要出發了。客人叫我馬上過去。」

刺槐路上，一個女孩站在那裡，不停的仰望天空。

琪琪降落後，女孩興奮的跑了過來，但突然「啊！」的一聲停下腳步。

「啊——妳不是老奶奶嗎？為什麼？」

女孩橫眉豎眼的瞪著琪琪。

「妳在說誰?」

「魔女啊。」

「不是老奶奶就不行嗎?妳不知道嗎?這個城市的魔女就是我,我當魔女才第二年,今年十四歲。」

「我才不知道呢。」女孩子氣呼呼的說。

琪琪重新審視眼前的女孩。她的年紀差不多十歲左右,身體瘦得像根樹枝。圓圓的眼睛張得大大的,抬頭打量著琪琪。

「算了,還是拜託妳好了。這個,妳幫我送一下。」

女孩從毛衣下拿出一個四方形的東西。一看,原來是一枚黑色信封。

至今為止,琪琪代人送過很多信,卻是第一次看到黑色信封。而且,上面完全沒有寫地址、姓名。琪琪想伸手去接,卻不禁猶豫起來。

「這是很特別的信,我說過今天會送去,一定要送去。」

「我知道了。要送到哪裡？」

「大河中央的公園。」

「公園？是島公園嗎？」

「對。有兩個女孩子會在那裡玩。她們在放學時約好了，所以，絕對會在那裡。她們的名字叫小貴和小冬。」

「我知道了。那妳叫什麼名字？」

「小先，首先的先。」女孩冷冷的回答。

看到她努力裝酷的樣子，琪琪忍不住笑了起來。

「妳為什麼笑？」

「沒有啊，沒為什麼，只是想笑而已。」

「希望妳不要這樣，感覺太親切了……知道嗎？妳一定要幫我送到，而且還要張大嘴巴，做出很可怕的表情。」

「啊？為什麼？」

「因為……別問那麼多，魔女不是都會答應別人的要求嗎？反正，照我說的去做就對了，不要像剛剛那樣輕輕下來，要像龍捲風一樣嘩的降到她們面前，要像魔女的樣子。」

「像魔女的樣子？」琪琪反問，聳了聳肩。什麼像不像的，我本來就是魔女。

「我知道了。我馬上送過去。」

琪琪接過信封，抱著吉吉飛上天空。

「這個女孩有妄想症。」

吉吉也頗有同感的點點頭。

正如小先所說的，兩個女孩子在大河中央的公園玩耍。她們在地上畫了好幾個圓圈，在裡面蹦蹦跳跳的。琪琪靜靜的降落，沒有產生龍捲風。

「請問，妳們是小先的朋友嗎？」琪琪走過去問道。

兩個女孩回過頭，然後，相互看了好一會兒。

「是啊……但是，我們和她算朋友嗎……」其中一個女孩說。

「我想不算。但妳為什麼找我們？」另一個女孩納悶的問。

然後，兩個人異口同聲的叫了起來：

「妳剛才是不是從天上飛過來？」

「對啊。小先叫我送信給妳們。」

兩個女孩嚇得步步後退，迅速的瞥了琪琪手上的黑色信封一眼。

「在天空中飛，穿黑色衣服，妳……該不會是魔女吧？」

「對啊。」

琪琪點點頭。

「啊——！」

兩個人轉身就想走。

「等、等一下，先收下信啦。」

「我們不認識她。不要，我們才不要。」

「和我們沒有關係。」

兩個人臉色蒼白的頻頻搖頭，後退兩、三步後，突然轉身拔腿就跑。

「等一下，這到底是怎麼回事？」

琪琪追了上去，繞到她們的面前，張開雙手，不讓她們過去。

「如果妳們不想收下，那也沒辦法。不過，既然是朋友寄信給妳們，為什麼要拒絕？」

「因為……妳不是魔女嗎？」

「如果是朋友，怎麼可能做這種事？」

琪琪的腦子裡一片混亂。

女孩口中的「這種事」，好像就是指琪琪送信這件事。

「我們又沒有做什麼壞事。」

「小先就喜歡搞破壞……」

「對啊，她不想看到我們做好朋友。」

「我們又沒有排擠她。」

「我們也邀了小先一起玩，因為，三個人一起玩比兩個人有趣多了。」

兩個人爭先恐後的告訴琪琪。

「她卻對我說小冬的壞話。」

「對啊，也在我面前說小貴的壞話。不光是這樣，我們三個人有寫交換日記，她卻把交換日記的本子藏起來了。」

「她說不是她藏的，根本就騙人。」

「對，她最會說謊了。老是報告老師一些有的沒的，害我們被老師罵。」

「今天在學校時，她還說，要詛咒我們，要派魔女送詛咒的信給我們……她說，魔女教了她一句自古以來就一直流傳的詛咒。」

一開始，兩個人還膽戰心驚的，但說話的聲音漸漸大了起來。

「妳也好過分，竟然沒搞清楚，就把信送來給我們……」

「而且，妳還教了她詛咒的咒語嗎？」

兩個人怒目相向的瞪著琪琪，責問著她。

琪琪被嚇到了。明明是受客人之託送信過來，沒想到反而遭到責怪……

琪琪的心中湧起了一種複雜的感情。她既懊惱、又悔恨，漸漸的，這種感情變成了憤怒。

「我知道了。」

琪琪說完，轉身就走。

「琪琪，等一下啦。」

吉吉一路小跑追了上來。

「雖然這麼說有點過分。但也可能是這兩個女孩在說謊，可能只是很普通的信。」

「別說了，那根本不重要。反正，我不想接這份工作了。我要把信還給她。」

琪琪憤憤的騎上掃帚飛了起來。吉吉慌忙抓住琪琪的裙角。

琪琪用比來時更快的速度飛著，然後，在刺槐路十三號門前降落，敲著入口的門。

「小先、小先。」

小先立刻走了出來。

「她們不肯收這封信。」

「為什麼？」

小先的臉漸漸扭成一團。

「不要、不要，收下嘛、收下嘛。」

小先抖動著全身，哭了起來。

吉吉捂住耳朵，躲到房子後面去了。

琪琪茫然的看著女孩放聲大哭的樣子，由於她哭得太傷心了，不知不覺中，琪琪剛才心裡的怒氣已經煙消雲散。

琪琪一言不發的站在小先面前。

終於，小先的哭聲慢慢平靜下來。

「我、我打算、向、向她們、道歉的。我、我想和她們做朋友，但每次都忍不住說一些讓人討

厭的話。」

小先抽抽答答的一字一句說完，又哇哇大哭起來。

「每、每次都會這樣。這、這封信，也是想道歉……妳看，妳看看啊。」

小先用顫抖的手打開信，信裡寫著：對不起，我們再做好朋友，好不好？

「那妳為什麼要說是詛咒的信？」

「因為……今天，我想把信拿給她們，小貴說，是不是又是罵人的信。我很生氣，就說要派魔女送詛咒的信給她們……」

「既然這樣，下次不要寫信，親口對她們說，妳覺得怎麼樣？」

「但如果她們說不要，我會很傷心。」

「不會的。小冬和小貴也說，她們很想和妳做朋友。其實，她們很希望可以三個人一起玩。」

「真的嗎？真的嗎？那我去和她們說。真的可以嗎？」

小先上氣不接下氣的說。

那天，琪琪很難得的特別安靜。

「她哭得真大聲，整個克里克城都在發抖。」

吉吉誇張的說，試圖安慰琪琪。

不知道那三個女孩和好了沒……

琪琪的思緒又拉回今天發生的事，想起了小先說的話。

魔女的眼睛會發出可怕的光。

魔女會張開血盆大口。

魔女飛的時候好像颳龍捲風。

魔女會把詛咒送給別人。

真是把魔女形容得一文不值。

然而，琪琪並不是因為聽了這些壞話而情緒低落。的確，魔女難免給人負面印象，以前也的確曾經出現過這樣的魔女。結果，就有人誇大其辭的寫進故事裡，讓人們對壞魔女留下了刻板的印象。琪琪從小就經常聽到這些壞話。

所以，琪琪一直希望自己是個傳遞快樂的魔女。

即使只是送東西，琪琪希望可以把客人寄託在物品中的親切和溫柔，同時傳遞給對方。

好幾次，客人都稱讚琪琪，「妳這麼年輕，就做這麼棒的工作。」暫且不管今天的事，接工作時，或許除了祝福以外，也可能在不知不覺中，將詛咒送到別人手上。琪琪發現了這一點，為此感到沮喪。琪琪的心都涼了，而且，這種冰冷的感覺似乎在心裡漸漸擴散。

我的工作到底算什麼？

我的魔女宅急便真的是在幫助別人嗎？

琪琪有生以來，第一次被難題逼進了死胡同。

這些問題似乎攸關琪琪是否該繼續當魔女。

「我好像河馬馬爾可一樣，得了中心點不知去向病。」

不知道媽媽對這個問題有什麼看法。琪琪瞪大眼睛，回憶著媽媽可琪莉夫人的臉。然而，出現在她眼前的，都是可琪莉夫人愉快的製作噴嚏藥，或是快樂的騎著掃帚，送藥給客人的樣子。

寫信回家吧。

琪琪沮喪的心情中，冒出了一絲暖流。

9 琪琪，送蘋果給老奶奶

「吉吉，我要去散步，你要不要去？」

琪琪站在夕陽映照的門口問道，卻沒有聽到整天跟在她身後的吉吉的腳步聲。琪琪轉身走進房間裡張望。

「牠又不在家。」

琪琪生氣的噘起了嘴。

「算了，以後再也不邀牠了。」

最近，吉吉常常獨自溜出去玩，而且總是得意洋洋的在以前不屑一顧的圍牆上，或是樹叢下的貓咪專用道上跑來竄去。

「吉吉怎麼好像變成了普通的貓……」

琪琪甩開落寞的心情，對掃帚說：「帶我去哪裡飛一下吧。」

然而，掃帚卻垂著掃帚尾，不肯離開地面。那種態度好像在說，掃地才是自己本來的功能。

「你也想做普通的掃帚嗎？」

琪琪瞪著掃帚尾，用力往上一抬。滋滋——滋——，掃帚發出無力的聲音，好不容易升到離開地面三十公分的地方，才慢吞吞的準備飛向高空。只要琪琪稍不留神，掃帚尾就往下掉。琪琪費了九牛二虎之力，終於來到鐘塔頂端。真是受夠了。琪琪用手背擦了擦滿頭的汗，坐在鐘塔上。

夕陽正慢慢沉入克里克灣西方的海平面，只露出一點頭頂而已，頓時把周圍的天空染成了淡紫色，星星點點的房屋中透出的燈光浮在半空中。不知道為什麼，這些燈光好像溶化在水裡般散開了。琪琪趕緊擦著眼角，喃喃自語：「吉吉有問題，掃帚有問題，我也有問題。」

十歲那年，當琪琪決定成為魔女後，無論再怎麼疲累，都從來不曾討厭過騎掃帚飛上天空。穿梭在風中，總會讓她的心情感到格外暢快。而且，她最喜歡從像鐘塔頂端的高度，從準備著陸的高度欣賞風景。即使是熟悉的城市，也會覺得好像隱藏著什麼不可思議的祕密，令人產生一種打開禮物時的興奮感。

然而，最近她卻覺得，這座城市彷彿變成了靜止的模型。為什麼會這樣？琪琪覺得很悲哀。然而，靜止的或許不是這座城市，而是琪琪的心。琪琪再度用手指擦去眼角的淚水。

好空虛。琪琪無聲的喃喃自語著。

這是她來到這座城市後，第一次感到這麼空虛。這種空虛，完全不同於獨立生活所產生的空虛。可琪莉夫人經常告訴琪琪，魔女必須隨時面帶微笑，因為笑容可以打動對方的心。琪琪也遵守了這一點，努力保持笑容，為客人快遞送貨。

琪琪在送貨的同時，也傳遞了人們心中的喜悅和溫柔，琪琪為此感到開心，這座城市的人也認同了這樣的琪琪。然而，即使琪琪用滿懷喜悅的心情送貨，也可能因此變成不好的事，很可能在不知不覺中，變成令人討厭的魔女。雖然飛行是魔女特有的能力，但真的應該繼續使用這種能力嗎？

琪琪用含淚的雙眼重新欣賞著克里克城。多麼熟悉的風景，自己不知道曾經飛過那座橋多少次，那條窄巷，還有那片樹林……

然而，現在卻感覺這座城市變得好遙遠。

這座城市中，是不是沒有自己的立足之地了？這種不安更增加了琪琪內心的空虛。要放棄做魔女，放棄飛行嗎？琪琪垂頭喪氣，把臉貼在掃帚尾上。

「對了，對了，這就對了。」

身後突然響起說話的聲音，琪琪嚇了一跳，差點掉下去，趕緊用一隻手抓穩。

「對了，這座城市，有個可愛的小魔女。」

抬頭一看，原來是維修這個鐘塔的鐘錶店老闆。他面帶笑容的看著急忙擦去淚水的琪琪，在她身旁坐了下來。

「去年的除夕夜，謝謝妳的幫忙。」

鐘錶店老闆向琪琪欠了欠身。

「是妳把新年帶到這座城市，真是太感謝了。那時候，多虧妳幫了大忙。」

「沒有啦……我只是……」

琪琪小聲的說著，低下了頭。

「從那以後，市長對這座大鐘特別神經質。可能他認為在他市長任內發生那樣的事很丟臉吧，我能理解他的心情。這座鐘塔可以說是克里克城的起點，所以，我每天從早到晚都要來維修這個大鐘。」

「是嗎？難怪這個大鐘總是敲得那麼有精神。」

「仔細想一下，就會發現時鐘也很辛苦，從來沒有時間休息。」

鐘錶店老闆皺著眉頭，然後，放聲高歌般的叫了一聲「豎起耳朵吧」，便笑著說：「呵呵呵，這句話，百聽不厭。」

「來得早不如來得巧，剛好在這裡遇到妳，老實說，我有一事相託。」

鐘錶店老闆停了下來，凝視著琪琪。

「其實，我想請妳幫我送一顆蘋果給我姊姊。是不是很簡單？我姊姊一個人住，就住在那個除夕夜要勾手指的城市。最近，她身體不好，什麼都吃不下……她年紀大了……這也沒辦法。但她心血來潮，想吃我們家院子裡種的蘋果。可能很懷念小時候吃過的味道吧。幸好，家裡還剩下一顆今年收成的蘋果，我很想馬上幫她送去，但妳也看到了，我必須寸步不離的守護這個時鐘。誰都攔不住時鐘的走動，我正在煩惱該拜託誰把這唯一的蘋果、絕對不能出差錯的這顆蘋果送過去。沒想到，妳竟然主動出現在我面前，我真是太高興了。交給妳，就萬無一失了。」

琪琪心虛的緊握著掃帚。因為她知道，現在已經不是萬無一失了。

「妳可以幫這個忙嗎？」

鐘錶店老闆看著琪琪的臉。琪琪看到他的眼神，忍不住點了點頭，內心也同時感到極度不安。

「只是一顆蘋果而已。」

琪琪告訴自己。

「雖然大了一點，但只是蘋果而已。那麼，可不可以請妳明天中午再來這裡一趟？」

「好，我知道了。」

琪琪一邊回答，一邊心想，那座城市雖然有點遠，但只要中間多休息幾次，應該可以順利抵達目的地。

「所以，中午之後，我要去西山對面的『勾手指』城市，吉吉，你會和我一起去嗎？」

第二天早晨，琪琪剛醒來，就問吉吉。

「中午之後？不好意思，我有事。」

吉吉不敢抬頭看琪琪。

「什麼？你又不去嗎？」

琪琪忍不住大叫著，發現吉吉不正眼看自己，愈發感到生氣。

「算了，我再也不找你了。但是吉吉，你現在愈來愈不像魔女貓，變成了普通的玻璃貓！」

吉吉慢慢轉頭看著琪琪的方向，生氣的用嘴巴吸了一口氣。

「喂，妳怎麼可以這麼說，什麼玻璃貓，太沒禮貌了。我最近怎麼了？妳自己才

整天抱怨，妳才不像魔女，變成了普通女孩子。」

吉吉說完掉頭就走。琪琪心裡一驚，噘起小嘴。

或許，我應該當一個普通女孩子。

琪琪目送著吉吉搖著尾巴遠去。

鐘錶店老闆手上拿著一個可愛的花布包裹，站在鐘塔上引頸等待琪琪的出現。琪琪從包裹打結的地方，看到裡面有一顆透著美麗光澤的紅蘋果，散發出甜蜜的芳香。

「我姊姊住在胡蘿蔔街二號，這是地圖。」鐘錶店老闆說。

琪琪把包裹掛在掃帚柄上，很有精神的

說：「我走了！」隨後，便飛向空中。

掃帚的情況並不如原本擔心的那麼差，琪琪鬆了一口氣，立刻朝西方飛去。勾手指城必須往西越過三座山。

掃帚順利飛過了第一座山。遠處的大海閃著粼粼波光，琪琪乘著穿越山谷的風繼續往前飛。或許是因為沒有吉吉在掃帚尾上坐鎮，掃帚尾不時往上翹。她隨時加以調整，並自言自語的說，少了吉吉也沒關係。

大家在遠方
嬉戲打鬧
風兒在耳邊
吹著口哨
我在這裡
放開手，翻個身
哈哈，哈哈哈

琪琪小聲的哼著歌，把掃帚柄往下一壓，做出像倒立的動作，掃帚咕嚕的轉了一圈。

「哈哈哈，掃帚的狀況很好嘛。」

琪琪故意發出誇張的笑聲。但就在那時，琪琪的心一驚，馬上回頭一看。

滋——滋——滋——

掃帚尾發出奇怪的聲音，琪琪用力轉身張望。

「啊！」

掃帚尾的枝穗正一根、兩根的脫落。琪琪伸手想抓住，但細細的枝穗像箭一樣往後飛去。

「不行，不行，等一下。」

琪琪慌忙轉身試圖壓住掃帚尾，細細的枝穗卻像掙脫她的手般不斷往後飛，掃帚也隨之下降。不一會兒的

工夫，就撞到第二座山的山腰，用力一彈，停了下來。琪琪屁股著地，「嗚啊」的呻吟。蘋果從包裹裡滾了出來，琪琪來不及喘氣，拔腿就追。

這顆蘋果很重要，是碩果僅存的蘋果，是食不下嚥的老奶奶唯一想吃的東西。但圓圓的蘋果滾落的速度比琪琪快太多了，蘋果一直線的滾向溪流的方向，在琪琪眼前撞到了岩石，像煙火般粉身碎骨，掉入溪水中。琪琪望著破碎的蘋果塊，完全不知道如何是好。琪琪撿起岩石上一小塊蘋果屑，放進嘴裡。

「真好吃。」

琪琪情不自禁的叫了起來，同時，淚水也從她的臉上滑落。嘴裡擴散的甜味，更使她悲從中來。琪琪只能任憑淚水不停的流。

過了好一會兒，琪琪才站了起來，開始往山上爬。沿路撿起原本包著蘋果的布，以及枝穗已經掉光的掃帚。琪琪把花布繫在掃帚柄上，擦了擦已經被淚水模糊的雙眼，終於找到了一些掉落的枝穗，與一旁的枯樹枝放在一起，找到一根藤蔓，綁在掃帚柄上。琪琪在喉嚨深處啜泣著，騎上了掃帚。臨時湊合的掃帚或許感受到琪琪的心情，靜靜的向前飛，終於抵達了勾手指城。

琪琪很快就找到胡蘿蔔街二號。老奶奶瘦弱的身體坐在床上，腰彎得比九十度還低。琪琪一五一十的把發生的事告訴了老奶奶，並向她道歉。琪琪說著說著，淚水不停的從臉頰滑落。老奶奶一邊點著頭，一邊聽著琪琪的訴說，緩緩轉動著幾乎被淹沒在皺紋中的雙眼。

「小姑娘，拜託妳，不要再露出這麼難過的表情。這是意外，不是妳的錯。咦？這個，啊呀，啊呀。」

老奶奶突然發出驚叫。

「妳綁在掃帚柄上的布給我看一下。」

「這原本是用來包蘋果的。」

琪琪解開那塊布，遞給老奶奶。

「這塊布，是我還是個小姑娘時包在頭上用的。大家都說，這種櫻草的圖案很適合我，真讓人懷念。」

老奶奶興奮的把布包在頭上，在下巴下面打了一個結。

「我也曾經適合這麼漂亮的圖案，真讓人興奮，渾身都暖了起來。」

「對不起，蘋果被我摔壞了。」

琪琪再度道歉。

「的確很遺憾。小姑娘，我原本以為我快死了，但現在要請死神再等我一下，我要努力活到明年秋天。因為，我無論如何，都想再吃一次那顆蘋果。到時候，再請妳幫我送過來。我們來勾勾手指。」

老奶奶伸出小拇指，琪琪也伸出自己的小拇指勾住，卻哭得更傷心了。

「這件事不要告訴鐘錶店的老闆好了，妳這麼漂亮的小姑娘，不能再哭了。」

老奶奶笑了，滿是皺紋的臉擠出了更多的皺紋。

掃帚上的枯樹枝相互碰撞，發出喀、喀的聲音，琪琪騎著掃帚踏上了歸途，又好像突然想起什麼似的，哭了起來。

為什麼會這樣？是掃帚剛好壞了嗎？琪琪覺得，這次的意外和自己在那封黑色的信之後產生的不安心情有很大的關係。正因為了解這一點，琪琪的腦袋裡更是一片混亂，她覺得自己好像人在這裡，心卻已經不在了。琪琪很清楚，這和吉吉無關，也不能責怪掃帚，但怎樣才能找回那個慶幸自己身為魔女的琪琪？

10 琪琪，代客散步

鈴鈴鈴鈴、鈴鈴鈴鈴。

電話響了。

琪琪停下正拿著抹布打掃的手，拿起話筒。

「喂、喂，請問是魔女小姐嗎？」

一個男人的聲音傳來，喉嚨裡好像卡著一口痰。

「對，我就是。」

「我想請妳幫忙送一樣東西。我現在正在醫院……可不可以請妳過來一趟？」

「好，我會去。但是，晚一點到可以嗎？」

自從那次蘋果事件之後，琪琪就不再騎掃帚了。

「好啊，反正我有的是時間。我就在西山山麓的花野醫院二十三號病房，如果妳方便，希望妳可以在一點到三點的午睡時間過來……」

「好，我會過去。」

琪琪放下電話。

吉吉聽到電話鈴聲時抬起的頭又鑽進了兩腿之間，全身縮成一團。

「吉吉，你這陣子一回家就整天睡覺，既不追著尾巴跑，也不磨爪子了。」

「什麼整天睡覺，不要說得那麼難聽好不好？我是在做夢。」

「哼，什麼夢？」

「算是虛無縹緲的夢吧……」

吉吉一本正經的甩尾巴拍打著地面。

琪琪聳了聳肩。

虛無縹緲的夢？牠真會裝酷……

「坐好不要動，假裝自己是布娃娃。」

琪琪對坐在肩上的吉吉說完，走進了醫院。

二十三號病房的門敞開著。探頭一看，一個白髮蒼蒼的老爺爺躺在床上，毛毯蓋住了他半張臉。琪琪一走過去，老爺爺就迫不及待的張開眼睛，面帶笑容的問：「妳還記得我嗎？」

看到老爺爺淡灰色的眼睛，琪琪立刻想起夏天練習馬拉松時，經常在公園遇見這位老爺爺。有一次，老爺爺還問她：「魔女老了以後會怎麼樣？」之後，這個問題始終停留在琪琪的腦海中。

「我記得，我們在公園見過。」琪琪也微笑以答。

「夏天結束的時候，我感冒了，從此就臥病不起了。」

老爺爺突然呵呵呵的笑了起來，好像這是什麼滑稽的事。但他的笑聲很虛弱，幾乎快聽不到了。老爺爺和夏天遇見時很不一樣，整個人瘦了一大圈。老爺爺用顫抖的手把放在枕邊的拐杖遞給琪琪。

「我想請妳幫忙送這個。」

琪琪看過那根拐杖。老爺爺經常把整個身體壓在這根刻著長耳朵狗的拐杖上，慢慢的散步。

「我家玄關有個傘架，請妳幫我放在那裡。」

「但是……你沒有拐杖怎麼行？」

「不，我很快就不需要拐杖也能走路了。拐杖在這裡悶了很久，很想出去走走。所以，魔女小姐，我知道這個要求有點讓妳為難，但可不可以請妳不要像平時那樣騎著掃帚飛，而是帶著拐杖走到我家裡？我家裡沒有人，門也沒鎖，只要幫我放在那裡……我就很感激了。」

「好。」

琪琪點點頭，心裡鬆了一口氣。雖然這個要求很奇怪，但剛好不需要騎著掃帚飛。

「如果可以，希望妳沿著這張地圖的路線走。這是我平時散步的路線，雖然我人在這裡，但可以想像和你們一起去散步。沿途有許多有趣的事，所以，希望妳可以好好享受其中的樂趣。如果有興致，也可以繞去別的地方。散步就是這麼自由自在，如

果天黑了，就先回家，第二天再繼續。」

琪琪看著老爺爺交給她的地圖。地圖上有坡道，有樓梯，還有一個很大的公園。然後，在公園角落的長椅上，寫著「坐在這裡」幾個字。

「爺爺，這就是我夏天看到你的那個公園嗎？」

琪琪探頭看著老爺爺的臉。

「對啊，那個公園是個好地方。」

「你在上面寫著『坐在這裡』幾個字，為什麼？」

「呃，因為，我經常坐在那張椅子上……」

老爺爺瞇起從毛毯下露出的眼睛。

地圖上，離開公園後，是一條蜿蜒的小徑，沿著小徑來到河邊，那裡停了一艘有著小窗戶的船。

「這艘船真可愛。」琪琪用手指著說。

「我朋友住在那裡。」

老爺爺轉動了一下眼珠子。

「住在船上嗎？」

「對啊，是女性朋友。」

「女性朋友？」

「對啊，嘿嘿嘿，我們很要好。」

老爺爺的聲音有點沙啞，但他笑得很開懷。

「我可以去找她嗎？」

「可以啊，她一定很高興。嘿嘿嘿，但妳不要告訴她我生病的事，就說我有事，出去旅行。那裡離我家很近，只要過了橋，稍微走幾步就到了……掛了一塊『帽子鋪』的招牌。對，對了，魔女小姐，我應該要送禮答謝。」

「不用啦……你不要擔心。」

「我聽說，可以用『相互幫助』或是『分享』的方式答謝。但是……我可能無力和妳『相互幫助』了……我開帽子鋪，不是賣帽子，而是做帽子，在雨傘架上面，掛了一頂我最後做的紅帽子。那時候，我突然想做一頂適合漂亮小女生戴的帽子。剛好，我就用那頂帽子當作謝禮，可以嗎？」

「可以啊。謝謝你，太棒了。」

琪琪點點頭，看著老爺爺的臉。

「然後……等妳順利完成後，我想聽聽妳和拐杖散步的故事。」

「好，沒問題。我一定、一定會來向你報告。」

琪琪緊張的站了起來，心裡突然湧起一陣悲傷。琪琪慌忙按著胸口，用力深呼吸。

「魔女小姐，請妳不要露出這麼難過的表情，要快快樂樂去散步，了解嗎？一定要開心。這樣的話，我也會覺得快樂。」

老爺爺瘦骨嶙峋的手揮了揮，表示再見。

琪琪離開西山山麓的醫院，沿著下坡道走向市區。她右手拿著拐杖，吉吉在一旁沿路小跑著。

「雖然老爺爺說是叫我送拐杖，但我覺得好像是在代客散步。吉吉，辛苦你了……」

吉吉一邊走，一邊抬頭看著琪琪。

「對，對，這根拐杖上，有老爺爺的味道。所以，這就像是老爺爺在散步一樣。」

吉吉難得露出嚴肅的表情。

差不多快三點了。午後的陽光為腳下的城市染上了一片柔和的色彩，坡道中間出現了一段很陡的樓梯，然後，又變成了蜿蜒的坡道。坡道兩側出現了密集的房舍，不時和傍晚去買菜的人擦肩而過。有人看到琪琪身上的拐杖，露出「咦？」的表情。

他們會不會是那個老爺爺的朋友？

琪琪心想，也對他們露出微笑。

走進公園，她找到寫著「坐在這裡」的長椅，坐了下來。琪琪環顧四周，思考著老爺爺為什麼要特地寫上「坐在這裡」幾個字。周圍是很常見的公園景象，女孩子跳著繩，從面前經過；幾個男孩子在玩追逐遊戲；也有手挽著手散步的男男女女；還有人輕鬆自如的坐在長椅上休息。有一隻松鼠跑了過來，看到躺在草地上的吉吉，拔腿就跑。

琪琪發現，在長椅正對面大約七、八公尺的地方，有一棵巨大的樹。琪琪以前曾在這個公園練習跑步了很多次，卻從來沒有注意到有這麼壯觀的樹。粗壯的枝幹和從枝幹延伸的根，好像面對著琪琪盤腿而坐。在差不多相當於大人高度的地方，有一個旋轉的樹瘤。

「那棵樹真壯觀，我來過很多次，卻從來沒有發現。你看，那裡好像嘴巴。不知道那棵樹會不會唱歌？」

琪琪想起之前送樹木歌聲的事，便對吉吉說。但吉吉看著松鼠逃走的方向，似乎沒聽到。

這棵大樹感覺和公園裡其他的銀杏樹、櫸樹完全不同，並不光是因為這棵樹鬱鬱蔥蔥，殘留了許多深綠色樹葉的關係，張牙舞爪的延伸過來的樹枝，還散發出一種不可思議的氣氛。琪琪的目光無法從這棵樹移開。

「啊！」

一聲驚叫傳來，一個七、八歲的男孩從旁邊跑了過來。

「這、這根拐杖怎麼了？」

男孩露出擔心的眼神。

「這是老爺爺的拐杖，如果沒有這根拐杖，他會很寂寞。」

他的擔心漸漸變成了質疑。

「那位老爺爺去旅行了，對了，你曾經在這裡和老爺爺聊過天嗎？」

「嗯，有時候我們會一起坐在這裡。」

「那可不可以請你像那時候一樣，坐在我身旁？」

琪琪挪了挪身體，空出座位，男孩一屁股坐了下來。

「妳有沒有看到那棵樹？那叫樟樹。」

「看到了，感覺好像老爺爺。」

「對啊，很像吧。帽子鋪的老爺爺會看著那棵樹，唱著『喔喂，喔喂，看到阿樟了，看到阿樟了』，我也跟著他唱『喔喂，喔喂，看到阿樟了，看到阿樟了』。」

「然後呢？」

「我說，我可以看到那棵樹，老爺爺說『不是，不是，是看到阿樟』，然後，又開始唱『喔喂，喔喂，看到阿樟了，看到阿樟了』。他唱的時候，會讓人很陶醉。」

「所以，你看過阿樟嗎？」

「嗯，只看過一次。阿樟是一道門，透明的門，會突然出現在眼前。姊姊，妳只要盯著看，或許也看得到。」

「盯著看？一直盯著看嗎？」

「對，老爺爺說，要『盯著看，慢慢的看』。」

琪琪想起躺在病床的老爺爺，似乎可以聽到他的聲音。或許是心理作用，琪琪覺得老爺爺的聲音和小男孩的聲音重疊在一起。

「老爺爺不在，可能看不到。」

「然後，你做了什麼？」

「老爺爺打開那扇門，走了進去。」

「啊？」

「妳是不是也嚇了一跳？我也進去了。」

男孩洋洋得意的揚起下巴。

「我既覺得自己就坐在這張長椅上，又覺得走進了那棵樹裡的路。好神奇，樹裡面的路彎彎曲曲的，完全看不到前方。老爺爺在每一個轉彎的地方張望著，叫著『喔喂，喔喂』。」

「然後呢？」

琪琪探出身體。

「就這樣而已。我雖然很想再往裡面走看看，但老爺爺說，這條路沒有盡頭，再走下去，就回不來了……當我醒過來時，發現自己仍然坐在這張椅子上。姊姊，妳是不是也嚇了一跳？但這是真的，我沒騙妳。」

「……」

琪琪默默點頭，看著樟樹。夕陽從樹葉的縫隙中灑下，形成一道道跳躍的光。

「老爺爺說，這裡是他散步必經之路，每天都會來。姊姊，妳看得到阿樟嗎？」

「看不到。」

「看來，非得老爺爺在才行。」

男孩子無趣的看了看四周，突然站了起來。

「啊，天快黑了。我要回去了。」

「我們還會再見面嗎？」琪琪問。

「嗯，姊姊，下次請妳和老爺爺一起來，三個人一起，一定更好玩。再見囉。」

男孩一溜煙的跑了，白色毛衣在他背後晃動著。

公園裡暗了下來，當夕陽躲進遠處的房子後，樟樹看起來比剛才更巨大了。琪琪雙手握著拐杖，把下巴壓在手背上，腦海中想像著老爺爺的身影。突然，樟樹愈來愈大，占據了琪琪的整個視野，好像是公開了身分的朋友般，向琪琪伸展著樹枝。琪琪手上緊握的拐杖也開始發熱。琪琪突然回過神，四處張望著，剛才一直陪在一旁的吉吉不見了。

「吉吉、吉吉。」琪琪大聲呼喊。

這時，吉吉突然從樟樹根部的一片黑影中，連滾帶爬的蹦了出來。

「吉吉，你該不會去了阿樟裡面吧？」

琪琪抱著吉吉，吉吉渾身的毛豎得像刺蝟一樣，身體瑟瑟發抖。琪琪茫然的看著眼前的大樟樹。

第二天，琪琪以公園為起點繼續散步。因為，她實在對那棵樟樹太好奇了。她和前一天一樣，坐在長椅上，把下巴放在拐杖上，凝視著樟樹。

「喔喂，喔喂，看得到阿樟，看得到阿樟。」琪琪模仿老爺爺的聲音叫道。

明亮的朝陽中，樟樹好像是隱藏著什麼祕密的森林般佇立在那裡。然而，無論琪琪怎麼瞪大眼睛，不知道藏在那棵樹的哪一個角落的阿樟——也就是那道神奇的門，始終沒有出現在她眼前。

突然，她感到臉上有動物呼吸的味道，同時吉吉也唰的跳開了。抬頭一看，原來是一隻大狗咬著琪琪的裙襬拉扯著。接著，傳來一聲口哨聲，一個男生連聲說著「對不起」，從後面跑了過來。

「啊，是妳……」

男生按著狗，看到琪琪，驚訝的叫了起來。

「啊！」

琪琪也同時叫了起來。

原來是琪琪上次在海邊餐廳吃冰淇淋時，把她借來的洋裝弄髒的那隻狗的主人。

「達奇，不可以。對不起，達奇老是那麼調皮。」

「沒關係，沒事。」

琪琪站了起來。

「妳在這裡做什麼？」

男生納悶的看著琪琪手上拿的拐杖。

「散步。剛好坐一下休息。拿著拐杖敲啊敲的散步方式很奇怪吧？還帶了一隻貓……」

琪琪笑了起來。

「我也剛好在散步，帶了一隻狗。要不要一起散步？」

琪琪看了吉吉一眼。

「妳的貓不會討厭我的狗嗎？」

「不，沒有啦……」

琪琪想起了老爺爺說的話，這是受人之託的工作。老爺爺曾經說，要好好享受散步途中遇到的樂趣，也可以繞去別的地方。

「走吧。」琪琪說。

「好啊。」

男生邁開步伐。狗也搖著尾巴跟了上去。

「看那隻狗得意的樣子。」吉吉低聲念了一句。

「我從來沒聽過貓和狗會一起散步。」

「我叫琪琪。」琪琪停下腳步說。

「我叫依克。我的狗叫達奇，請多關照。」

「我的貓叫吉吉。依克，你都去哪裡散步？」

「嗯……隨便走走，然後，再去那個地方……」

「那個地方？是西山那裡嗎？」

「不，該怎麼說……沒有具體的名字，就是那個地方。」

依克張大眼睛，看著遠方。

「那個地方……該不會是阿樟那裡吧？」

「阿樟？他是誰？」依克回頭問道。

「那不是人的名字。剛才那個公園裡不是有一棵很大的樟樹嗎？不知道阿樟是在那棵樹的哪個部分。這根拐杖的主人是帽子鋪的老闆，我受他之託，昨天開始散步……」

「受人之託散步？」

「對，是不是很奇怪？他以前每天都會散步，但現在因為有點事，自己不能來散步，所以希望我可以代替他。之後，我還會向他報告情況。那位老爺爺好像也會去樟樹周圍某個很神奇的地方，據說，那裡就叫阿樟。」

「喔，我想，那個地方對他來說一定很特別，讓他有歸屬感……我覺得應該是。妳有沒有這樣的地方？」

「喔，我嗎？我來這座城市才一年多而已……」

「那以前住的地方呢？」

「我出生的地方嗎？……嗯……」

琪琪眼前浮現出可琪莉夫人生活的城市。

「也許……那裡可以算是……但那是我小時候的事。在我家後方的草山上，蘋果樹根旁長滿了草。我經常一邊唱著『散步——去散步，還是——去跳繩』，一邊走去草山。每次都這麼唱，很奇怪吧？我特別喜歡那裡。小時候，不是經常會覺得這裡是我的地方，別人不可以進來嗎？草山就讓我有這樣的感覺。」

「呵呵呵——是嗎……真可愛。」

依克好奇的眨著眼睛。

「很孩子氣吧？」琪琪不好意思的問。

「不會，然後呢？這樣就結束了嗎？」

「沒有。當我在草地上爬來爬去時，感覺好像裹了一條味道很好聞的毛毯。我躺在草地上，用力閉上眼睛，眼睛裡的水珠就會發出五彩光芒，呼嚕

嚕、呼嚕嚕的移來移去，很好玩。有一天，我聽到地面下的深處傳來打噴嚏的聲音，連續打了好幾個噴嚏。我媽媽做噴嚏藥最拿手了，我就拿著一瓶噴嚏藥，放在我聽到噴嚏聲的地方。之後，當我再去的時候，發現噴嚏藥不見了，卻聽到咚咚咚的聲音，原來是地鼠。之後，我就可以和地鼠說話了。」

「那個地方還在嗎？」

「應該還在。下次我回家的時候會去看看。真懷念，好像回到了小時候，感覺好興奮。」

琪琪對依克笑了笑。

「我還記得牠敲地面時，咚咚咚的聲音，意思是說『琪琪來了』。我告訴我朋友，他們都笑我，說我騙人。」

「這種事，別人很難理解。」

「依克，你呢，你心目中最特別的地方在哪裡？」

「妳想看看嗎？」

「對，很想。」

「或許算不上是什麼好地方，很孩子氣，有點不好意思耶。」

「很遠嗎？我還要去地圖上畫的這個河邊船屋……」

「我看、我看。」

依克看著琪琪攤開的地圖。

「聽說那裡住著老爺爺的朋友，所以一定要去。而且，船屋不是很少見嗎？」

「時間還早，應該沒問題。」

依克站起來，準備動身。

突然，旁邊有人「喂、喂」的叫他們。

那是一條小巷，有好幾家小店面擠在一起。

「喂、喂，你不進來坐一下嗎？」

聲音再度傳來。抬頭一看，原來是鞋店老闆。老闆光滑的頭頂對著他們，正低著頭縫鞋底。鞋店老闆用力把針穿了過去，然後抬起頭，驚訝的瞪大了眼睛。

「啊喲，我認錯人了，真對不起。」然後，他看著琪琪手上的拐杖說：「看，我就知道是這根拐杖，這不是帽子鋪老爺爺的嗎？喀答、喀答的聲音，我每天都聽慣了，絕對不可能搞錯。對了，老爺爺怎麼了？」

「他去旅行了。所以，他要我代替他帶拐杖出來散步，他好像擔心拐杖不出來走走會悶壞。」

「對啊、對啊，他每天都出來散步，我也都會在這裡等他。老爺爺出去旅行了，真好。他不帶拐杖，是坐車子嗎？真氣派。」

鞋店老闆啪、啪的抖了抖沾滿黑色和咖啡色鞋油的圍裙，站了起來。

「好吧，那我也像平時一樣，一起散散步。」

「啊？一起散步？」

琪琪忍不住大叫。她有點被嚇到了。難道要帶著這位爺爺一起去散步……

鞋店老闆突然站在琪琪和依克之間，挽著他們的手，扭著屁股，走了起來。

散步啊散步　答啦答啦答啦答　一步、兩步的散步

散步啊散步　答拉答拉答啦答　一步、兩步的散步

然後，他看了看琪琪，又看了看依克。
「好了，不成敬意，我的散步結束了。」
然後，「哇哈哈哈」的大聲笑了起來。
「我和帽子鋪的爺爺每天都會這樣散步一下。除非下大雨，一年三百六十五天，幾乎每天都會玩一遍。最近都沒有玩了，我還在擔心呢。我好久沒有這麼心情暢快了。好了，我要去工作了，再見。」
鞋店老闆轉身走了回去，坐在椅子上繼續工作。
琪琪愣住了。
散步的方式五花八門……可以去那個地方散步，也可以一步、兩步的散步。
可以和老爺爺在醫院裡進行這種小規模的散步。琪琪心想，去醫院向他報告時，一

定要和他試試。

「真好玩。我們走吧。」

依克「咻——」的吹了一聲口哨，催促著他的大狗達奇。達奇走在最前面，牠渾身的長毛迎風飄揚。

風迎面吹來。

走到商店街的盡頭，馬路突然轉了彎，前方是一個海邊的公園。整個公園是面向大海的緩和斜坡，在差不多中間的位置，有鞦韆、翹翹板和綠色的體能攀爬架，感覺像是這座城市最高的建築物。

「我從來不知道這裡有公園。」

琪琪跑了過去，大聲讀著入口的告示牌。

「這麼小的公園，竟然叫『無盡公園』……」

「但是走進去，就會覺得很大。」

依克跑進公園。

「要不要爬？」

依克抱著達奇。達奇幾乎占滿了依克的兩隻手，他只能用幾根手指勾著鐵桿往上爬。

遠處傳來海浪的聲音。海浪沖到海灘上，泛著陣陣好像笑的時候露出的白色牙齒般的白沫，隨即又消失了。放眼望去，遠方海平面好像拉著一條銀線般閃閃發光。吉吉「嗚啊——」的打了一聲呵欠。

風把頭髮吹向後方，琪琪覺得整個身心好像敞開了。

「妳知道為什麼叫無盡公園了吧？」依克問。

「啊！這裡，該不會就是你心中最特別地方？」

「被妳發現了。每次看到這片海，就覺得自己的身體好像一下子變得很高大。很怪吧？不過，只要坐在這裡，就覺得心飛到很遠很遠的地方。所以，這裡是我最喜歡散步的地方。」

依克的眼神發亮。

「真的，我覺得自己好像在大海中，也好像在天空中。啊，多虧老爺爺委託我來散步，我才能來到這麼美的地方。」

琪琪看著海平面，各式各樣的風景都浮現在她心頭，好像真的在那條線的另一端散步。

「老實說，我是魔女，雖然還是菜鳥……」琪琪說道，卻不敢看依克的臉。

依克驚訝的回頭看著琪琪。

「原來是妳……我一直聽說這個城市有魔女……」

「我騎在掃帚上送宅急便，但最近在休息。」

「嗯，我聽說了。工作愉快嗎？」

琪琪張大了眼睛，至今為止，從來沒人問她「工作愉快嗎？」琪琪周圍的人都認為在天空飛行的工作一定快樂無比。每次和蜻蜓見面，他都只談這個話題，每次都讓琪琪覺得悶悶不樂。

「很快樂，當然很快樂。」

琪琪忍不住想自誇一下。

「我曾經飛過很多地方。比方說……像有眼鏡形狀沼澤的城市……我帶了一隻河馬去那裡。啊，對了，你知道群星群島嗎？那裡有一種很奇怪的動物，會合唱喲，我聽了之後，覺得超感動的。」

「妳好厲害……妳可以看到我在攀爬架上看不到的東西……不過，這才是真正的樂趣。」依克說。

「這裡名副其實，真的是無盡的所在。我也可以體會到，光是坐在這裡，心就飛得很遠。雖然飛行的時候可以看到很多東西；但坐在這，也有如此廣闊的視野。我認為這也是魔法。最近，我總覺得自己太仰賴飛行魔法了……」

琪琪對自己說的這番話感到害羞，不禁垂下眼睛。

依克張開雙手，琪琪也學他的樣子，張開了雙手。

「呼──」

兩個人一起用力深呼吸。然後，互看了一眼，放聲大笑起來。達奇也伸長脖子，「嗚噢噢」的吠了一聲。聲音很快在空中消失了。

「吉吉，你也叫一叫吧。」琪琪說。

坐在她肩上的吉吉盡情打了個呵欠，轉過頭。

「妳的貓是不是想睡覺了？」依克問。

「有時候，吉吉喜歡這樣裝模作樣。」

琪琪搖了搖吉吉，笑了起來。

「對了，妳不是還要去其他地方嗎？」

依克說著，抱起了達奇，爬下攀爬架。

「下次，我還會再來。」

琪琪也抱著吉吉一起下來。

依克還有其他事，琪琪和他分手後，前往老爺爺朋友的家。她按照地圖，沿著河邊的路走著走著，很快看到了那個船屋。那是一艘小型箱形船，好像用摺紙摺出來的船，輕輕的浮在海面上。船有一扇門，兩扇窗，門框和窗框都漆著紅色油漆。琪琪走過連接船和水岸之間的木板，拐杖碰到船底，發出「咚」的聲音，門就從裡面打開了，一個和琪琪同齡的女孩子站在門口。

女孩穿著白色襯衫，水藍色的窄身褲，頭上一頂藍色小帽微微前傾。

琪琪驚訝的愣住了。她以為老爺爺的女性朋友一定是年邁的老奶奶。

「咦？怎麼不是老爺爺？」

女孩子帽子下的一對鳳眼轉動了一下。

「我是代替他來的。老爺爺外出旅行了，他委託我在散步時過來看看妳……妳不希望我來拜訪嗎？妳是老爺爺的好朋友，對吧？」

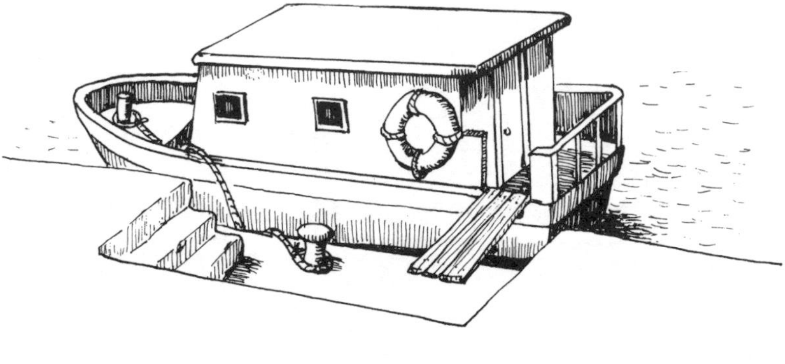

「好朋友？別開玩笑了。只不過因為他每天都來，我陪他說說話而已。如果妳也想聊天，就進來吧。」

女孩一轉身，走了進去。琪琪不禁火冒三丈，但隨即想起老爺爺神情愉快的說，那是我的女性朋友。如果這樣轉身就走，老爺爺一定會很失望。

「吉吉，我要進去。」

「那就進去吧。」吉吉模仿著女孩的語氣回答。

細長房間的船頭有個圓形的船舵，窗戶下方放著床和櫃子，房間裡面的牆上掛滿了大大小小的畫。

「喔，帽子鋪的老爺爺去旅行了？真搞不懂，大家為什麼都喜歡旅行？」

「妳不喜歡嗎？我覺得旅行很好玩啊。」

琪琪驚訝的問道，女孩轉頭看著她。

「是嗎？不管去哪裡，還不都一樣。我爸和我媽也總是邀我跟他們一起去，說什麼大海每時每刻都有不同的表情……不停的叫我快看、快看……太誇張了。大海就是大海啊，有什麼好看……」

女孩突然住了嘴。

琪琪錯愕的聽著女孩子說話。

「大家都太愛管閒事了。那個帽子鋪的老爺爺也一樣，我根本沒有拜託他，他就每天嘻皮笑臉的來找我，整天囉哩囉嗦，說什麼不要一個人窩在家裡，問我要不要去散步。我說運動太累了，他就說，就來一個小小的散步，然後，用沙啞的聲音唱著『散步啊散步，答啦答啦答啦答，一步、兩步的散步』之類的，還說什麼『散步很好，無邊無際』之類莫名其妙的話。為什麼一步兩步三步會無邊無際？」

琪琪悄悄瞄了一眼女孩的臉。

「啊——我厭煩透了。」女孩說。

「真的很無聊嗎？如果整天把很無聊、很無聊掛在嘴上，真的會變得很無聊喔。」

琪琪稍微提高了嗓門。

「那妳要我瘋瘋癲癲的跑來跑去嗎？像傻瓜一樣，我對無聊樂在其中，不用妳管。妳也真愛管閒事，受人之託……真辛苦啊。」

「造成妳的困擾了嗎？」

琪琪看著自己的鼻尖。

女孩哼笑了一下。

「我是魔女，開了一家魔女宅急便。老爺爺託我送這根拐杖回家，所以……」

「喔，是喔，妳是魔女。對了，我好像聽我媽說過，這座城市有個魔女，和我年齡差不多，做事很勤快。我媽老是喜歡拿我和別人比較。我覺得，什麼魔法根本就是多管閒事嘛。」

女孩故意斜著身體，揚起下巴，終於惹惱了琪琪。

「對不起，我太多管閒事了，老爺爺生病了，所以才委託我代替他散步……」

「騙人，妳剛才不是說他去旅行了嗎？」

女孩的臉表情動搖了。

「是老爺爺要我這麼告訴妳，老爺爺整個人瘦了一大圈，根本沒辦法起床。但他說妳是他的朋友，臉上還帶著溫柔的笑容。沒想到妳竟然這麼討厭他，我覺得老爺爺好可憐。」

女孩拉了一下帽簷，慌忙把頭轉了過去。

「老爺爺現在人在哪裡？」女孩低著頭問。

「西山的花野醫院。」

聽了琪琪的回答，女孩快步走到門口。

「妳要去看他嗎？」

女孩轉過頭，「嗯」了一聲。她帽子下的雙眼溼潤，兩隻眼睛變成了鬥雞眼。

「醫院離這裡很遠，妳知道怎麼去嗎？而且，現在已經過了會面時間……」

「進不去嗎？」

「嗯，應該是。我明天早上會去，要不要和我一起去？」

「好，我要去。」

「那麼，十點，在鐘塔下面等。」

「好。」

女孩點點頭，看著琪琪說：「妳不要遲到了，還有……我叫宇美。」

琪琪離開船屋後，走了幾步，回頭一看，小小的窗戶露出燈光。琪琪鬆了一口氣，拿出老爺爺給她的地圖。

這裡離老爺爺家很近，她按照地圖，沿著河邊的路，經過白色的橋，看到一幢房子前掛著用有力的筆跡寫著「帽子鋪」幾個字的看板，拉開了落地門。

空無一人的家中，一陣冷颼颼的空氣吹來。她在昏暗的玄關前找到了雨傘架，放進了老爺爺的拐杖，然後，拿下掛在上面的紅帽子。琪琪發現，這頂帽子和剛才宇美戴的帽子的款式完全一樣。

「老爺爺……」

琪琪喃喃的嘀咕了一句，便說不出話來。琪琪把帽子戴在頭上。

「妳戴起來很好看。」吉吉抬著頭說。

第二天早晨，琪琪和宇美在相約的鐘塔下見了面，一路跑到醫院，但是，老爺爺的病床上，躺著一個陌生的叔叔。

護士看到琪琪，趕緊從走廊的另一端跑了過來。

「魔女小姐、魔女小姐，帽子鋪老闆要我傳話給妳。前天傍晚，妳離開後不久，帽子鋪老闆就突然出發去旅行了，所以，請我一定要轉告妳，他向妳問好，希望有機會再見面。」

護士說完，便一溜煙的跑走了，只留下滿臉錯愕的兩個女孩。

琪琪和宇美一言不發的離開了。兩頂形狀相同的紅色和藍色帽子低垂著，沿著坡道走下去，來到了丁字路口。

「我可以自己回去。」

宇美說完，又說了聲「再見」，轉

身走了。琪琪想追上去，但又停了下來，問：「宇美，下次要不要一起散步？我可以邀妳嗎？」

宇美沒有回頭，繼續往前走，但用力點了點頭。

琪琪發現自己不知不覺的又坐在公園的樟樹前。樟樹和兩天前一樣，雄霸一方的佇立在那裡。唯一不同的是，樟樹的樹葉在正午陽光的照射下熠熠發光。琪琪目不轉睛的看著樹根，心裡不禁想道，老爺爺一定在阿樟裡面散步。

老爺爺到底想要委託琪琪做什麼？只是送那根拐杖嗎？還是享受一起散步的感覺？琪琪心想，老爺爺每天散步時，留下了許多東西，或許，他希望可以和琪琪分享這一切……

琪琪重重的嘆了一口氣，抬頭仰望天空。

11 琪琪，為客人送小紅鞋

清晨，天空就下起了雨。

「滋布滋布滋布，簡直就像沒志氣的女孩子。」琪琪看著掛在眼前始終沒晾乾的衣服說道。

吉吉在一旁不停用貓掌摸著臉。

「但我覺得，下雨總比下雪好。」

「去樓上喝杯熱茶吧。」

琪琪正準備起身，鈴鈴鈴鈴，電話鈴響了。

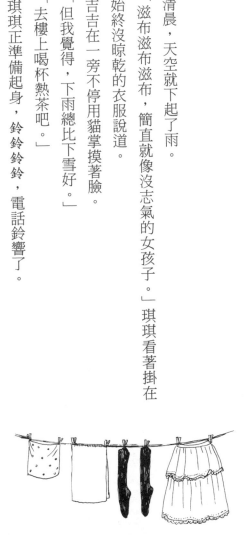

琪琪拿起電話，聽到一個又輕又尖的聲音問：「請問，是魔女宅急便嗎？」

「對，沒錯。」

「呃，那個，可不可以請妳幫我送東西？」

「好。」

琪琪用沒有自信的眼神，看了房間角落的掃帚一眼。

「這裡是雞腸草街九十九號……妳真的會來吧？」

「會，一定會。」

「呃，呃，即使下雨也會來嗎？」

「對。是雞腸草街，對吧？」

「那，我等妳。」

琪琪望著窗外的天空。

「下雨、下雨，唉。」

琪琪嘆著氣，從架子上拿出一把黑色的雨傘。

「連雨傘也不能用紅色或橘色這些比較有精神的顏色嗎……」

吉吉看著琪琪。他們互望了一眼，琪琪抿著嘴。

「這陣子一直窩在家裡，該去呼吸一下新鮮空氣了。琪琪，妳不想去嗎？」

「也不是不想去，只是擔心掃帚……」

掃帚在送蘋果時壞了，後來琪琪用一旁撿起的枯枝湊合了一下。雖然一直想要重做，卻日復一日的拖延到今天。

「那要走路過去嗎？」

「嗯……」

「妳剛才說彆彆扭扭、沒志氣的女孩子，是在說妳自己嗎？雞腸草街很遠耶，而且，要在下雨天走路嗎？」

「那不要好了，還是用飛的。走吧。」

琪琪抱著掃帚，向門口走去。

掃帚無力飛著，還不時東倒西歪的搖晃。

雞腸草街位在克里克城的偏僻地區。房子和房子之間的間隔愈來愈遠，終於在街尾找到了孤伶伶的九十九號。

按了玄關的門鈴後，傳來一陣沉重的腳步聲，門打開了。一個瘦小的老婆婆拚命抬著頭，看著琪琪。

「妳真的來了。啊喲、啊喲，渾身都溼了。來，進屋吧。」

琪琪聽話的進了屋，發現房間裡充滿暖暖的蒸氣。

「外面下雨，裡面卻起霧……」

吉吉嘀咕著，打了一個噴嚏。

窗戶上積滿蒸氣，好像進入了一個完全不同的世界。

「啊，對了，我正在煮豆子。妳喜歡吃甜甜的豆子嗎？」

老婆婆走近正在瓦斯爐上咕嘟咕嘟煮東西的鍋子，將火調小後，把冒著熱氣的豆子裝在盤子裡。

「要不要嘗一顆？」

琪琪拿起一顆豆子放進嘴裡。

「哇，真好吃。」

老婆婆高興得兩隻眼睛都亮了起來，然後，打開一個紙盒，從裡面拿出一雙綁著蝴蝶結的紅色皮鞋。

「呃，我想請妳幫我送這雙鞋子過去。」

老婆婆轉過身，指著蒙上一片白色蒸氣的窗戶。

「從這裡就看得到嗎？」琪琪問。

「對，就在那裡。妳只要擦一下窗戶，就可以看到了。」

老婆婆點點頭。琪琪走了過去，用手擦了擦窗戶，窗戶立刻變得透明，可以看到老婆婆房子的圍籬和後方的樹林，一隻麻雀受驚的飛走了。

「是不是可以看到一幢大房子？那裡是酸模街。玄關前的樓梯上，是不是坐了一個小女孩？她叫小玉。請妳送這雙鞋子給她。」

琪琪不知道該如何回答，無論她再怎麼張大眼睛，那裡不要說是女孩子，甚至根本沒有房子。窗外只有一片樹林，夾雜著枝葉茂密的樹和光禿禿的樹，以及在樹林中漸漸消失的小徑。然而，眼前的老婆婆卻面帶笑容，說得煞有其事。

「在樹林的後方嗎？」琪琪誠惶誠恐的問。

「不是，不就在那裡嗎？在雕刻著兔子的樓梯上，不是坐了一個女孩子嗎？」

琪琪默默的搖了搖頭。

「還沒找到嗎？是兔子雕刻。那個兔子叫美哥。」老婆婆納悶的問。

琪琪滿臉歉意的又搖了一次頭。

「咦？奇怪了？」

老婆婆轉過身，用襯衫的袖子擦了擦相反方向的窗戶。

「妳看，這裡不是可以看到嗎？」

「喔，原來是這扇窗戶。」

琪琪站在老婆婆身旁探頭張望，那裡的確有一幢房子，但距離遠遠的，窗戶上掛著窗簾，根本沒有樓梯，更沒有女孩子坐在那裡，只有雨不停的下。

琪琪突然心生害怕，渾身不由得緊張起來。

「看到了嗎？」

老婆婆也鬆了一口氣的用力呼吸，坐在一旁的沙發上。

「小玉是不是一臉難過的表情？因為她做了很不乖的事，所以很後悔。四天前，剛好是她姊姊小梢的八歲生日，收到了爸爸送的紅皮鞋作為生日禮物，有一點高跟喔。就和這雙鞋子一樣，很像大人的鞋子，是不是很可愛？」

老婆婆不停撫弄著手上的紅鞋子。

「小玉在一旁覺得很羨慕，一直拜託姊姊，『姊姊，借我穿一下，一下下就好。』但小梢把鞋子藏到身後，說：『不行，那是我的鞋子。』連看都不給她看一下。兩個人差點吵起來，結果爸爸說：『好了，妳們不要吵了，我們要去海岸路的餐廳吃生日大餐，妳們快點換好衣服，去樓梯那裡等。』小梢跳了起來，『我要穿新鞋子去，可以嗎？可以嗎？小玉，我的舊鞋子借妳穿。』小玉和小梢只差一歲，兩個人的腳差不多大。於是她們趕緊換好衣服，走了出去。小梢興奮的看著自己的新鞋，在樓梯上跑來跑去。

高跟鞋　喀喀喀
高跟鞋　答答答
高跟鞋　咚咚咚
停下來　高跟鞋
咚咚咚　停下了

「小梢一邊唱著歌，一邊用高跟鞋發出好聽的聲音。小玉也模仿著，但腳上的舊鞋子發出的是奇怪的聲音。

高跟鞋　蹬蹬蹬
高跟鞋　嘎嘎嘎

「聽起來就很不舒服。於是，小玉就

再度懇求姊姊，『姊姊，借我穿一下下就好。』但小梢故意使壞，說：『不行，那是我的鞋子。』

「『走吧。』

「爸爸和媽媽從家裡走了出來，大家一起搭上了電車，討論著等一下要點什麼好吃的東西。小梢像大人一樣，把兩條腿交疊在一起，在小玉面前晃來晃去，炫耀她的新皮鞋，紅色的蝴蝶結也一起搖晃著。小玉的眼睛不停的瞄著那雙鞋子，當電車經過一座位在河上的大橋時，她從小梢腳上拔下一隻鞋子，丟到電車的窗外……鞋子在空中畫了一條紅色的線，掉進了河裡。小梢哭得好傷心，小玉也哭得很傷心。爸爸生氣的聲音，媽媽生氣的聲音，再加上兩個女孩哭泣的聲音，電車上亂成一團。

「那天的生日大餐也慘不忍睹，小梢一直哭，吵著『我的鞋子——我的鞋子』。小玉把鞋子丟到窗外後，覺得自己是個壞孩子，所以也在一旁痛哭不已。第二天，小玉獨自走到橋上，往河裡張望，想要找回那隻鞋子，但怎麼也找不到。第三天也去找，還是沒找到。」

老婆婆看了一眼剛才擦掉蒸氣的窗戶，好像在尋找什麼似的東張西望。老婆婆披著披肩的肩膀霎時縮了起來，好像突然變成一個小女孩。琪琪心裡一驚。

「老婆婆。」琪琪忍不住叫她。

「那個小女孩打算一直坐在那裡嗎？真可憐……」老婆婆自言自語的嘟囔著，突然轉頭看著琪琪。

「對啊，所以，今天早上去買菜時，在街上看到這雙和小梢完全一樣的紅鞋子。就是這雙。」

老婆婆遞上剛才那雙鞋子。

「魔女小姐，請妳趕快送去給小玉，叫她還給小梢。那孩子，懊惱得快要心碎了。希望妳可以帶走她心裡的難過。」

「好。」

琪琪點頭答應了。

老婆婆追了上來。

「那裡的地址是酸模街七號，就在鐘塔的東側。拜託妳了。」

「好。」

琪琪打開門，走了出去。才走十幾步，就停了下來。

「怎麼辦？有點奇怪。」

吉吉仰望著琪琪。

「噓！會被聽到啦。」

「因為，那個老婆婆好像感覺錯亂，連以前和現在都分不清了。」

「不過，去看看吧。先去鐘塔再說。」

「我從來沒聽過有什麼酸模街，到底在哪裡？」

吉吉看到地上的水窪，趕緊跳到琪琪身上。

雨漸漸小了，已經不再令人在意。琪琪把兩隻紅色鞋子分別放進左右的口袋，飛上了天空。來到鐘塔後，慢慢轉了一圈，往東側降落。這一帶屬於老城區，有許多羊腸小道，房子也好像有點傾斜，整體感覺很老舊。琪琪一邊走，一邊檢查著路標，卻沒有找到酸模街這個奇怪的名字。她也問了路人，每個人都偏著頭，回答說：「不清楚。」酸模街該不會是那個老婆婆夢中的街道吧？或許這條路根本就不存在，無論怎

麼找，也不可能找到。琪琪這麼想著，不經意的看了眼前的汽車修理廠一眼，頓時愣住了。工廠入口，只有兩階樓梯的柱子上，雕刻的正是兔子。

「剛才……那個老婆婆有提到兔子樓梯。」

琪琪衝進工廠，一個男人正在小型辦公室裡寫東西。

「請問，這裡以前就是工廠嗎？」琪琪問。

「對，應該是吧。」

「但前面樓梯上的……兔子……看起來好像很舊。」

「喔，聽說是之前的房子留下的。」

「這麼說，這裡就是酸模街嗎？」

「對啊，妳還知道得真清楚。十二、三年前，和前面的路打通，連成一條路之後，就改成康莊路了。小姑娘，妳在找什麼地方嗎？」男人問。

「呃……沒有……謝謝你。」

琪琪道謝後，走了出去。口袋裡的鞋子不斷打到身體。

「怎麼會？太奇怪了，實在太奇怪了，我腦袋瓜一片混亂。這裡就是老婆婆說的地方嗎？」吉吉在琪琪身後追著問。

「應該是……但已經是很久以前的事了。」

琪琪抬起頭，看了看天空。

「我還是拿去還給老婆婆吧。」

琪琪拉了吉吉一把，飛上了天空。然後，突然想道：「或許不是還給她，而是送給她。」

琪琪敲著門，一陣沉重的腳步聲傳來，門打開了，老婆婆滿臉笑容的站在門口。

「這雙鞋子……」

琪琪的話還沒說完，老婆婆的身體好像跳起來般的彈了一下。

「啊，這雙鞋子，妳在哪裡找到的？我一直在找，找了很久、很久。妳幫我找到了嗎？謝謝妳。」

老婆婆像小孩子一樣緊緊抱著鞋子。

琪琪不知如何是好，默默的關上了門，但又突然停下了手。

「老婆婆，請問妳叫什麼名字？」

「我？我叫小玉。」

老婆婆抬起頭，口齒清晰的回答。

琪琪注視著老婆婆，輕輕的鞠了個躬後，關上了門。

「到底是怎麼回事？那個老婆婆就是小玉……」

在飛回家的路上，吉吉問。

「那個老婆婆的內心一直穿梭在過去和現在兩個時空裡。所以，我們這樣走了一趟，就能順利的把鞋子送到老婆婆小玉心中那個小女孩小玉的手上了。」

「呼——」吉吉吐了一口氣，若有所思的看著天空。

12 琪琪，送上城裡的女孩

看完可琪莉夫人的信，琪琪把信攤在腿上，注視著天花板。可琪莉夫人的信是這樣寫的：

琪琪，謝謝妳寫信回來。很久沒有收到妳的信了，所以格外高興。看來，妳的工作很順利，從信中可以感受到妳的成長。可是，妳最近好像有點鑽牛角尖喲，這是因為妳不再只是幫客人送東西，而是逐漸考慮到客人的想法。這代表妳已經開始充分認識自己。媽媽也曾經有過相同的煩惱，所以完全可以體會妳的心情。魔女有很多種，尤其是從前……也有專門詛咒別人的魔女……但其實詛咒也有很多種，或許也有痛苦的詛咒……很難分辨那一個詛咒是發自善良的心，或是發自惡毒的心。媽媽認為，任何人都沒有能力斷定。

後來想通了之後，媽媽決定製作既可以讓自己感到滿足、也可以讓別人感到高興的東西，才開始製作噴嚏藥。製作東西時的感覺很不可思議，雖然是自己做的，但其實不是自己做的。

可琪莉夫人的信中還提到了歐其諾、城裡的事，以及今年新研發的噴嚏藥等有趣的消息。

然而，看完信後，琪琪有一種奇妙的感覺。以前，可琪莉夫人只要在信中稱讚琪琪，都會在後面加上一句「但是……」的叮嚀。比方說——

但是，這個世界並沒有這麼簡單。

但是，希望妳多考慮一下。

但是，今天的信裡卻沒有這句話。

琪琪從信中感受到可琪莉夫人的欲言又止。

琪琪喃喃自語著。「噴嚏藥……」

隨即又重看了一遍「製作東西時的感覺很不可思議。雖然是自己做的，但其實不是自己做的」這段話。琪琪看不懂，卻始終留在腦海中。

鈴鈴鈴鈴、鈴鈴鈴鈴。

電話響了。琪琪接起電話，立刻聽到對方很有精神的問：「請問是魔女小姐嗎？」

「是。」琪琪的話音未落，對方就迫不及待的問：「妳還記得我嗎？我弟弟上次說妳是蝙蝠，在樹上用彈弓打妳。」

「記得啊，就是整天問為什麼、為什麼的小男孩。」

「對，沒錯。啊，小亞，不要拉電話線，我在和魔女姊姊講電話，讓我先講啦。」

電話裡聽到男孩的聲音。

「請問，魔女姊姊，貓咪的尾巴還在嗎？貓咪的尾巴為什麼會動？為什麼呢？」

琪琪吃吃的笑了起來，那個小男孩還是這麼愛問為什麼。

「魔女小姐，」

這次，又換了一個聲音。

「我叫琪琪，妳就叫我琪琪吧。」

「琪琪？哇，好可愛的名字，我叫茉莉，很普通吧？不過，這也沒辦法。」

「妳叫茉莉嗎？我覺得很好聽啊。」

「謝謝。對了，琪琪，妳不是在送宅急便嗎？我有事想拜託妳，可不可以請妳幫忙帶城裡的女孩過來？」

「啊？城裡的女孩？」

「對，漂亮女孩。」

「妳的要求好難。」

「一點都不難，就是妳啊。我想和妳做朋友。」

「哇，太高興了。但是……」

「我等妳。等妳有空的時候再來沒關係，反正我整天都有空。」

茉莉快速說完後，就掛斷了電話。

「城裡的女孩……她說我就是城裡的女孩……」

琪琪看著玻璃上映照著自己的身影。

「啪」的一聲，吉吉從打開的窗戶跳到地上。

「吉吉，你剛才去哪裡了？」

吉吉沒有回答，兩隻前腳放在一起伸了個懶腰。

「你好像很累，剛才去哪裡了？」

「有點事。」

吉吉冷冷的準備走去房間角落。

「吉吉，你為什麼不告訴我？」

吉吉無奈的轉過身，坐了下來。

「去參加聚會而已嘛。」

「聚會?」

「對，是貓的聚會，是運動大會，是做貓眼操。視力對貓是很重要的。」

「吉吉，你怎麼了，滿嘴『是、是』，說話怎麼一下子變得這麼客氣?你的視力很好啊，有一次檢查視力時，醫生還說我們都可以看到鳥。什麼貓的聚會……你以前不是說，不喜歡參加這種聚在一起像扮家家酒的活動嗎?」

「因為，感覺很好啊。

看著黑夜的眼睛
張大眼睛看著黑夜
心也深深的平靜下來

「大家一起唱歌做運動。嘿嘿，是不是很棒?眼睛不是能看到就好。」

吉吉說著，瞇起眼睛看著窗外。

「吉吉，你最近說話老是喜歡咬文嚼字。」琪琪嘟著嘴說。

「可能是因為我長大了，所以，想看看更遼闊的世界。」

「吉吉，原來你除了整天甩尾巴以外，也有很多想法。那個聚會只有貓能參加嗎？」

「對啊。但有一個人類參加了，是個小女孩。她跟著她心愛的貓咪一起來，那女孩子好可愛，蹲在地上，像貓一樣縮成一團在旁邊等。」

「原來，吉吉喜歡小女孩。」

「呵呵呵，但那女孩帶來的小花貓更可愛。」

吉吉自個兒害羞起來，拚命用頭在胸前磨蹭。

「啊喲，原來吉吉喜歡小花貓。」

琪琪摸了摸吉吉的尾巴，調侃的說道。

「索娜太太，有人要我帶城裡的女孩過去，而且就是指我，真傷腦筋。」

琪琪找索娜太太商量。

「那妳還猶豫什麼，去吧，快去吧。」

「但是……我很無趣……如果我不是魔女，別人一定不會理我。」
索娜太太聳了聳肩，看著琪琪。
「妳在說什麼？別想這些亂七八糟的事。琪琪，這是妳的壞習慣，每次都在想『如果我不是魔女會怎麼樣』。妳擁有別人沒有的東西，必須引以為傲。」
「是嗎？」
琪琪用力閉著嘴巴。
「不要再嘀嘀咕咕了，把頭髮綁成麻花頭，趕快去吧，打起精神來。」
「什麼是麻花頭？」
「怎麼連這個都不知道？真是的。麻花頭就是最近在一個歌手的帶動下，流行起來的髮型，妳看看大街上，大家都梳這種頭。」
琪琪從門口探出身體，在大馬路上張望。
剛好一個女孩子把頭髮分成好幾縷，綁成許多細細的麻花辮，再用絲帶綁起來。每走一步，髮辮就歡快的晃來晃去。
「妳看，就是那個。」索娜太太在一旁探頭說道。

「有這麼流行嗎？」

琪琪拉著自己的頭髮，看了好一會兒。

「吉吉，你覺得怎麼樣？」

第二天早晨，琪琪指著費了好大工夫綁的髮辮，轉了一圈後問吉吉。綁好的髮辮像鞦韆般在眼角晃動著。

「原來，人也想要有尾巴。」

吉吉不以為然的從鼻孔發出笑聲。

「就這樣一口氣飛去茉莉那裡吧。不過，掃帚的情況不太好，可能沒辦法一口氣。城裡的女孩和城裡的貓打起精神，要出發囉……」

琪琪拍了拍裙子上的灰塵。就在這時……

鈴鈴鈴鈴、鈴鈴鈴鈴。

電話響了。

「咦？會不會是工作？」

琪琪拿起話筒。

「請問是魔女宅急便嗎？」一個女人的聲音問道。

「是。」

「是不是經常帶著黑貓的小姐？」

「對啊……」

「是這樣，我想拜託妳一件事……可不可以請妳過來一趟？」

「呃……」琪琪曖昧的回答著，摸了摸頭上的髮辮。

「對不起，我遇到了一點麻煩。」女人又補充了一句。

「好，我知道了，我馬上過去。」

「太好了。這裡是山茶花路三十二號，我叫鈴野。」

「山茶花路嗎？好，我馬上過去。」

琪琪掛上電話，吉吉伸長脖子問：「山茶花路嗎？」

「對，她好像認識你。」

「該不會是……」

「該不會是什麼?」

「不，沒事。」

吉吉心不在焉的走來走去。

鈴野家一下子就到了。

鈴野太太來開門時，手上抱著一個用厚毛毯裹著的小女孩。仔細一看，小女孩手上還緊緊抱著一隻小貓。

「果然沒錯。」

坐在琪琪肩上的吉吉大叫起來。

「她就是我剛才和妳說的那個來參加貓聚會的女孩。她的貓叫貝奇。」

「我知道了……就是你喜歡的貓。」

鈴野太太對琪琪說：「這孩子，整天抱著貓不放手，昨天她感冒了，正在發高燒，卻還是抱著那隻貓。我希望她好好休息，但半夜仍醒來好幾次，不停叫著貝奇、貝奇，真讓我傷腦筋。我經常看到妳帶著一隻聰明的貓，所以，不知道可不可以將貝奇暫時寄放在妳那裡……」
小女孩痛苦的呼吸著，臉頰也紅通通的。
「雖然很多地方都可以寄放動物，但現在卻讓我很傷腦筋。」
鈴野太太不安的看著琪琪，吉吉在一旁「喵嗚、喵嗚」的大聲叫了起來。牠的意思是「好啊，好啊」。
「但我們要去茉莉那裡啊。」
琪琪用只有吉吉聽得到的方式說。
「帶牠一起去啊，有什麼關係？我不介意。」
「妳的貓在叫，是不是不願意？」鈴野太太問。
「不，不是，這是牠高興的叫聲。」
琪琪忍不住想笑。
「啊，太好了。貝兒，這隻貓哥哥願意照顧貝奇，等妳病好了，我們再帶牠回來，好

不好？」

貝兒張開眼睛看了看吉吉，用力點點頭，放開了貝奇。恢復自由的貝奇立刻跳到琪琪的另一個肩膀上。

「太好了，妳真是幫了大忙。」

鈴野太太鬆了一口氣。

「我早上打電話給茉莉，說我們今天會去找她，也要帶著這隻小貓去嗎？」

回到家裡，琪琪念念有詞的抱怨。吉吉和貝奇玩得不亦樂乎的樣子，讓琪琪心裡很不是滋味。而且，琪琪第一次發現，貓和貓之間可以用她聽不懂的話溝通，這也讓她心裡很不好受。

「我不管了。」

「有什麼關係，牠雖然很小，但很聰明，而且也很輕……」

吉吉把臉靠近貝奇，好像在對牠說：「沒關係，對不對？」

「對了，牠是女生嗎？」琪琪問。

「對啊。」

吉吉回答，用力轉過頭。

「原來是這樣。」

琪琪呵呵呵笑了起來。

「哇，歡迎歡迎，我在等妳呢！」

茉莉一看到琪琪從空中飛了下來，便興奮的衝了出來。

「我一點都不像城裡的女孩。」琪琪拉著茉莉的手說。

「別管那麼多，我只想看到妳。來，進來吧。」

茉莉打開家門。

琪琪正準備進門，頭上突然掉了許多核果下來。

「妳看，這是小亞在打招呼。」

抬頭一看，發現那個小男孩爬到上次那棵樹，攀在樹枝上晃來晃去，好像變成了樹枝的一部分。

「啊，我忘記還有這個小搗蛋。」

吉吉發出慘叫聲。

「咦？怎麼有兩隻貓？生小貓了嗎？」

「不是，另外一隻是別人的。」

茉莉抬頭大聲叫道：「小亞，趕快下來。你最喜歡的貓咪來了。」

小亞一溜煙就下來了。兩隻貓立刻逃進樹叢裡。

「你好。」

琪琪向小亞打著招呼，小亞一著地，默不作聲的跳到琪琪面前。

「你可以爬得那麼高啊。」

琪琪摸著小亞的頭。

「自從上次之後，他就一直吵著說，要和那個姊姊一起飛，整天吵個不停。不過，他終於明白自己沒辦法飛，所以，就開始練習爬樹。」

「對啊，我可以爬得好高、好高，可以和月亮公公握手。很厲害吧？」小亞向前跨出一步，昂首挺胸的說。

「真的好厲害。」琪琪笑著對他說。

「他老是這樣，來，進來，來喝茶吧。」

茉莉走進家裡。琪琪、小亞也跟了進去，吉吉和貝奇也趁小亞不注意，悄悄溜了進來。

一踏進茉莉的家裡，琪琪「哇——！」的叫了起來。

不同於戶外枯草色的風景，房間裡簡直就是春天的原野。桌布和餐巾上繡了五色繽紛的花朵，水藍色的窗簾上，各停了一隻用布做的蝴蝶和瓢蟲。淺綠色的地毯上，放著幸運草色的抱枕。白色矮桌就像是從空中飄落的雲朵，桌上的籃子裡放著還冒著熱氣的蒸麵包。

「好漂亮！這些都是誰做的？」琪琪興奮的驚叫起來。

「是我啊，呵呵呵。」

茉莉偏著頭。

「因為我有很多時間，就慢慢做了這些。」

旁邊放著用乾草編的拖鞋，牆上掛著的帽子也編上了紅色的果實和花，顯得格外可愛。

琪琪不禁想起自己房間的樣子。窗簾是用麵粉袋拼湊起來的，和作為麵包店倉庫時沒什麼兩樣。索娜太太建議她把房間布置得更有女孩子氣時，琪琪還在心裡想，窗簾只要有就好了。

琪琪經常對自己只能穿黑衣服感到不滿，偶爾也想穿漂亮的衣服。現在才發現，原來打扮並不是只限於服裝而已。琪琪覺得好像有人從背後提醒了她一下。

「茉莉，妳真厲害。」

「是嗎？太高興了。這裡的生活和城市不一樣，每天都很平淡無奇，又沒有朋友……所以，我盡可能和周圍的花草樹木為伴，否則就會覺得生活很無趣。不是愛逞強喲，我真的覺得草木都是人類的好朋友。」

茉莉吐了吐舌頭，笑了起來。

琪琪覺得茉莉整個人都在發光。

雖然以前琪琪也曾覺得，普通的女孩子比魔女輕鬆多了，但現在才發現自己想得太天真，自己根本不可能像茉莉那樣，擁有那麼多不同的才藝。

「琪琪，告訴我一些城裡的事吧。」

聽她這麼說，琪琪立刻摸了摸自己的頭髮。

「啊，妳的髮型真好玩。城裡在流行這種髮型吧？我也好想試試。」

「是不是很奇怪？」

「沒有，好可愛。」

「那妳坐下。」

琪琪請茉莉坐在鏡子前，幫她綁了麻花頭。

茉莉看著鏡子裡的自己，不禁皺起了眉頭。

「我還是沒有妳那樣的城市味，看起來好像老鼠尾巴。」

「對不起，我不太會綁。」

「不是，是我頭髮的關係。」

但茉莉還是很高興的晃動著綁好的髮辮。

「魔女姊姊，我也要老鼠尾巴。」

小亞用力拉著琪琪的裙子。

「等、等一下。」

琪琪也用力拉著自己的裙子。

「快點啦、快點啦，我要嘛。我要和那裡的貓咪玩尾巴遊戲。」

一聽到小亞的聲音，躲在櫃子下面的吉吉和貝奇用力抱在一起。

「耶！」

小亞立刻伸手進櫃子下面，抓著吉吉的尾巴，把牠拉了出來。

「啊喔！」吉吉發出慘叫。

「小亞，不可以！」琪琪大叫起來。

小亞聽到她的聲音嚇了一跳，吉吉趁機溜走了，和貝奇一起躲了起來。

「貓咪，貓咪，貓咪。」

小亞跺著腳，哇哇大哭起來。

「我想玩，我想玩，我想玩。」

琪琪愈來愈生氣。

「不要嘛，不要嘛，不要嘛。」

小亞一直哭個不停。琪琪瞪著他，覺得手癢癢的，很想伸手打他的屁股。

這時，琪琪聽到茉莉氣定神閒的說：「好，小亞也要尾巴嗎？」

小亞立刻不哭了。

「姊姊現在就幫你做尾巴。」

茉莉打開櫃子，從裡面拿出紅色的毛線，開始編麻花辮。她俐落的編了三十公分左右，縫在小亞長褲的屁股上。她簡直就像在變魔術，琪琪不禁想起了石醫生的「假尾巴」。

「你看，做好了。小亞的尾巴做好了。鏘鏘、鏘鏘！」

茉莉搖著小亞的尾巴，小亞立刻眉開眼笑。

「貓咪，我們用尾巴來握手。」

小亞蹦蹦跳跳的在櫃子下和窗簾後尋找，吉吉戰戰兢兢的走了出來，皺著眉頭，轉過身，用自己的尾巴去碰小亞的尾巴。

「啊，尾巴握握手！」

小亞高興得跳了起來。

「吉吉，真是難為你了。」琪琪小聲的說道。

吉吉伸了伸背，說：「沒辦法，他只是個孩子嘛。」

茉莉為琪琪泡了茶。琪琪喝了一口，甜蜜的芳香馬上在嘴裡擴散。

「真好喝。」琪琪陶醉的說。

「春天時，我摘了許多花草。這裡面混合了十八種花草。做這種茶時，要去暖暖的森林和山丘上摘花草，所以很好玩。仔細觀察，就會發現那些草發出濃郁的香味，請我把它們做成茶。今年，我實在太投入了，還不小心迷了路，呵呵呵。」

「後來，是我找到回家的路。」

小亞聳著肩膀，很神氣的說。

「對啊對啊，多虧了你，才能順利回家。」茉莉縮了縮脖子，笑著說：「雖然他小不丁點的，但還

真的很有用。」

琪琪突然想起了媽媽可琪莉夫人信裡的那段話。

製作東西時的感覺很不可思議。雖然是自己做的，但其實不是自己做的……

或許，茉莉會懂這句話的意思……

琪琪凝視著茉莉。

「該說再見了。我們要趁天黑之前回家。」

琪琪看著窗外西沉的太陽，站了起來。

「真遺憾，妳改天再來玩吧。」

茉莉也站了起來。

「吉吉，貝奇，我們準備回家了。」

琪琪往櫃子下張望，吉吉高興的跳了出來。

「咦？貝奇呢？」

琪琪環顧四周。吉吉也嚇了一跳，趕緊鑽進櫃子下方，又慌忙鑽了出來，在房間裡跑來跑去尋找著。

「牠剛才還在房間的角落睡覺。」

吉吉豎起耳朵。

「貝奇，貝奇，趕快出來。」

琪琪也一邊叫著，一邊尋找。茉莉也叫著貝奇，但貝奇不見了。

「我知道了……」

茉莉瞪著小亞。

「小亞，你剛才出去過……是不是你把貝奇藏起來了？」

「我不知道。我根本不知道，根本根本不知道。」

小亞拚命搖頭。

「你說根本根本的時候，每次根本根本都是騙人的。」

「喵嗚。」

吉吉從外面衝了進來。

「吉吉好像找到牠了。」

琪琪和茉莉跑了出去。

「不是，那是別人家的貓，根本根本不是啦。」

吉吉跳上樹。抬頭一看，發現貝奇正趴在最頂端的樹枝上。貝奇每叫一聲，樹枝就彎一下，馬上就要斷了。

「啊，快斷了。」

琪琪抓起放在門旁的掃帚，立刻飛了起來。她一下子衝到樹上，伸手去抓貝奇。

「貝奇，過來這裡。」

然而，貝奇用力叫著，緊緊抓著樹枝不放。琪琪試圖伸手抓住貝奇，但貝奇的身體把樹枝壓得晃來晃去，根本摸不到。

「吉吉，趕快爬上去。」

琪琪對著下方大叫，但吉吉爬到一半，就緊抓著下方的樹枝，無法動彈了。

「小亞，快爬上去。」茉莉說。

「不要。」

小亞把頭轉到一旁。

「喵、喵、喵。」

貝奇的叫聲愈來愈大。小亞問：「如果我讓牠下來，這隻貓就送我嗎？」

茉莉二話不說，伸手打小亞的屁股。

「好痛。」小亞大叫起來。

「我就是要打到你痛。」

茉莉繼續用力打著小亞的屁股。

「如果你不把貝奇帶下來，我會打得更痛，更痛更痛喔。」

茉莉的臉脹得通紅，訓誡著小亞。

茉莉和剛才判若兩人。琪琪雖然已經降落在地上，卻驚訝的愣在原地看著他們。

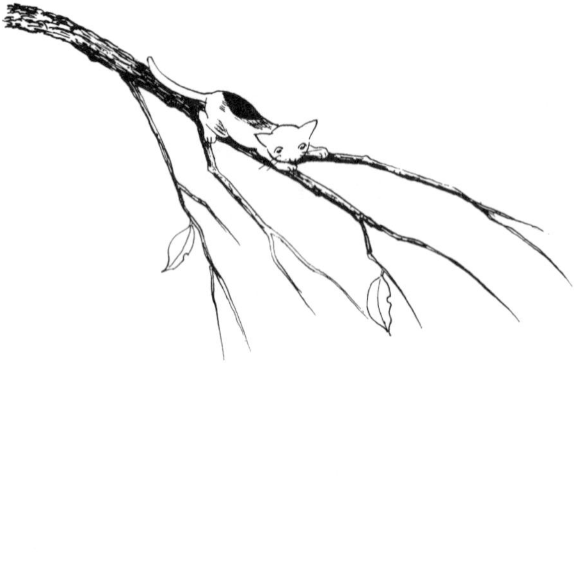

「去，趕快上去。」

茉莉推著小亞，把他的手放在樹上。

小亞一邊哭，一邊跳到樹上，開始往上爬。他爬樹的速度真的可以用「神速」兩個字來形容，好像蟲子般不停扭動著屁股。一轉眼的工夫，他已經爬到樹的頂端，抓著貝奇，放進襯衫裡，又很快爬了下來。琪琪接過貝奇，放進口袋。貝奇渾身僵硬，好像結冰了一樣。小亞的哭聲愈來愈小，漸漸停止了。

終於到了道別的時候。

「讓妳擔心了，真對不起。」

茉莉拉著琪琪的手，小亞站在旁邊，不敢正眼看琪琪，但還是鞠了個躬。

「魔女宅急便，這些茶送給妳。大家一起分享，感激妳帶自己過來。」

茉莉送琪琪春天的茶和一個繡著野花的小袋子。

「哇，妳真客氣……不過，我好開心。很高興看到妳，以

後，我們也要做好朋友喔。」

「我也想和妳做朋友。」

茉莉輕輕揮著手。

琪琪對小亞笑了笑，剛才的怒氣已經全消了。

「小亞，你真會爬樹。姊姊好驚訝。」

小亞抬頭挺胸的說：「因為小亞和樹是好朋友。」

兩天後，貝兒的病好了，琪琪將貝奇送了回去。貝兒一看到貝奇，立刻撲了過來。看到眼前的景象，吉吉感到很洩氣。

「沒關係，只要去眼睛運動會，就可以看到牠了。」

雖然琪琪安慰著牠，但那天晚上，吉吉一直垂頭喪氣的抱著尾巴。

13 琪琪，送地瓜

琪琪拿起門縫下塞進來的信封。上面的字很熟悉。

「是蜻蜓的信。」

琪琪急忙打開信。

好久不見，最近好嗎？我很好，雖然很好，但有一點手足無措。很希望可以早點見到妳，不知道妳什麼時候有空？

信上的每個字都方方正正的，好像蜻蜓是立正站好時寫的一樣。

「蜻蜓平時都打電話過來，怎麼會寫信給我？」

琪琪嘀咕著，躺在地上的吉吉納悶的看著琪琪。

「妳要出門嗎？」

「嗯……」

琪琪看著鏡子，摸了摸頭髮，又用力捏了捏自己的臉。

「妳在幹麼？」吉吉問。

「沒幹麼……」

「妳在梳妝打扮吧？」

吉吉故意逗琪琪，用尾巴摩擦著琪琪的腳。

「早安。」

索娜太太在門口探頭進來。

「琪琪，趕快來看西山的方向。」

頓時，琪琪的心頭一沉。她想起了送蘋果的時候發生的事。

「快，快來看啊。好漂亮。」

索娜太太又說了一遍。

琪琪看著窗外。

可能是前一天晚上下了雪，西方的三座山都頂著白雪，在朝陽的映照下，發出耀眼的光芒。

「每年，看到那座山上的積雪，我就會感慨，啊，今年又結束了。然後，開始反省，我又碌碌無為的虛度了一年光陰。」索娜太太重重的嘆了一口氣，繼續說道：「今年年初計畫要做的事，一件都還沒完成，一年就結束了……」

「妳有什麼計畫？」

「每年都一樣，早晨要提早一個小時起床看書，或是調查一下麵包的歷史、寫寫文章，要為一家三口打相同的毛衣，諸如此類的啦。」

「妳的計畫會不會太多了？然後呢？計畫進行到哪裡了？」

「毫無進展，只打了諾諾的毛衣，而且，連袖子也沒有，哈哈哈哈。」

「真的假的？呵呵呵。」

「我的反省每次只有三分又三十秒。如果可以反省三十分鐘，或許可以做一個稱職的麵包店老闆娘……」

「索娜太太，妳別這麼說，妳很稱職啊。既是小諾諾的好媽媽，又是大叔的得力助手……」

「喔，對了對了。忘了告訴妳，明年夏天，我又要當媽媽了。」

「哇——好厲害。不過，妳竟然連這種事也會忘記，呵呵呵。」

「對了，我是來幹麼的？」

「索娜太太，妳真健忘。」

「啊，對了對了，是除夕馬拉松的口令『豎起耳朵吧』，琪琪，妳今年除夕打算回家嗎？」

索娜太太興奮的哼著歌，隨著節奏點頭。

「不會，我還沒要回去。」

「那要不要跑馬拉松？克里克城的馬拉松。」

「要。不過，索娜太太，妳要生小寶寶了，可能無法跑吧？」

「我會跑，絕對要跑。」

索娜太太就像在跑馬拉松一樣，一、二、一、二的擺動著手臂，正準備走出去，看到琪琪放在一旁的掃帚，停了下來。

「咦？掃帚還沒修好嗎？」

「……」

琪琪垂下眼睛。掃帚還是她在西山時，臨時用路邊的樹枝湊合出來的。樹枝參差不齊，歪歪的綁在掃帚柄上。

「還可以勉強湊合著用。」

「難怪這陣子妳飛得重心不穩。妳是個年輕小魔女，要振作點。」

「嗯。」

琪琪點點頭。

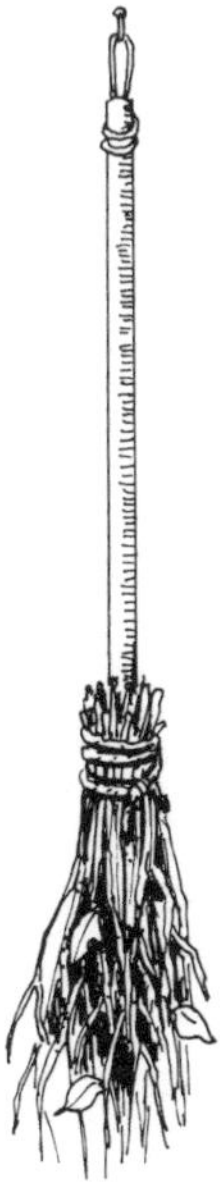

「琪琪，妳以前不是說過，掃帚會受魔女心情的影響……妳飛得歪七扭八，是因為掃帚的關係？還是妳自己的關係？」
「我好像……一團亂……」琪琪沮喪的說。
「怎麼可以說這麼沒自信的話，這樣我會擔心。」
「也是三分又三十秒嗎？」
「不，不，妳比較特別，就三分又三十五秒吧。」
索娜太太放聲大笑著走下樓梯。琪琪看著她的背影，輕輕說了聲「謝謝」。琪琪真的很慶幸，索娜太太總是為自己帶來好心情。

鈴鈴鈴鈴、鈴鈴鈴鈴。
電話響了。
「喂，這裡是魔女宅急便。」琪琪大聲回答道。
「哇噢，妳好有精神，我差點被妳吹走了。」
原來是蜻蜓。

「你的信我收到了，謝謝。」

「妳已經看了嗎？如果妳有空，我想和妳見個面……要不要來我家？」

「好，我現在就去，很快就到。」

琪琪恭恭敬敬的說，好像在和客人說話。

「琪琪，妳知道地址嗎？就在雞腸草街六號。」

「我知道。」琪琪興奮的說。

「蜻蜓說想見我……」

琪琪放下電話，喃喃自語道。

吉吉立刻跑過來。

「怎麼了，吉吉？你今天要一起去嗎？」

「我什麼時候不去了？」吉吉沒好氣的說。

「那你要騎在我背上？還是吊在掃帚尾巴盪鞦韆？」

「不要，那太危險了。琪琪，妳幹麼這麼興奮？」

「對啊，謝謝。」

琪琪答非所問的應了一句，吉吉縱身跳上了琪琪的背，好像背包一樣掛在琪琪的背上。

掃帚輕飄飄的飛在空中，琪琪心急如焚，掃帚卻一下子偏左，一下子偏右，最後還差點翻覆。

「為什麼故意搗蛋！」琪琪拍打著掃帚柄說。

「她很一廂情願吧？不過，今天算是特別，就幫她一下吧。」吉吉對掃帚說道。

掃帚勉強繼續飛行，終於，來到正在家門口用力揮著雙手的蜻蜓面前降落。

「妳先來看看我家的倉庫。」

蜻蜓拉著琪琪的手，走到房子後。一塊不算寬敞的空地角落，有個很小的倉庫，很多地瓜從裡面滾了出來。往裡面一看，倉庫裡也都是地瓜。

「哇，好多。」

「很多吧？這是我種的。統統都是，我想讓妳看看。」

蜻蜓得意的推了推眼鏡。

「蜻蜓，你真厲害。對了，你在信上說，有事讓你手足無措，到底怎麼了？」

「就是這些地瓜。妳喜歡吃地瓜嗎？」

「啊？喜歡是喜歡。」

「太好了，那妳就多吃點，努力開懷大吃吧。」

蜻蜓跑進家裡，拿了一籃煮好的地瓜走了出來。

琪琪瞪大了眼睛，以掩飾內心的失望。蜻蜓說想見她，她還以為是什麼令人怦然心動的事……

「但是，魔女的胃口很小。」

「所以，才要請妳努力開懷

大吃。之前，我把地瓜放在外面，聽說會結冰，我就放進倉庫，但實在太多了，根本放不進去。我媽叫我和別人分享……」

「分享？這麼多嗎？」

「吃不完喔？」

蜻蜓攤開雙手。

琪琪從籃子裡拿了一個地瓜，放進嘴裡。地瓜外表凹凸不平，但甜甜的，很好吃。可惜她吃了兩個，就再也吃不下了。

「吉吉，你也幫忙吃。」

吉吉沒有回答，跳上了琪琪的背。

蜻蜓皺著眉頭，舉起雙手。

「我不管做什麼事都會過頭。夏天的時候，我一心想飛，走路的時候也會張開雙手，朝著風的方向跑，結果，被我媽臭罵一頓，說我如果這麼想飛，乾脆住到樹上去。」

「咯咯咯咯。」

琪琪忍不住笑了起來，用手捂著嘴巴。

「我媽說，你就是好高騖遠，走路是人類的基本，偶爾也要思考一下地面的事。」

「然後呢？」

蜻蜓突然高舉雙手。

「啊，對不起，我忘了妳擅長飛行。」

「不會啦，我知道有許多東西需要走路才能看到。」

「我媽也這麼說。她說，雖然飛在天上，可以看到很多東西，很有趣，但地上很熱鬧。你既然喜歡做實驗，不妨試著在後院種些什麼……」

琪琪回想起自己不想學製藥時，媽媽可琪莉夫人也曾經說過相同的話。「琪琪，妳雖然嫌麻煩，但其實小小的種子裡蘊藏著巨大的力量……絕對不會比妳在天空中看到的少。」

上次信中那句「製作東西時的感覺很不可思議。雖然是自己做的，但其實不是自己做的」，也讓琪琪耿耿於懷。

從那之後，琪琪便不時思考這句話的意思。

「所以呢?你就開始種地瓜了嗎?」

琪琪看著蜻蜓。

「我聽到實驗這兩個字就熱血沸騰,蠢蠢欲動起來,我就喜歡玩這種的,所以,一下子就中了我媽的圈套。我開始進行各種研究,後來發現後院的泥土適合種地瓜,又在肥料方面下了工夫,我本來只打算種一點,沒想到愈來愈多、愈來愈多,簡直就像在變魔術。不是有一種魔術,一打開盒子,就會變出很多花嗎?差不多就是那樣的感覺。我媽嚇壞了,竟然說『你做什麼事都那麼投入』,還說我應該要負起責任好好處理。」

「你被嚇到了嗎?」

「奇怪的是,我並沒有被嚇到,反而覺得很好玩。發芽的時候,會特別興奮;長出藤蔓時,就覺得好可愛。但我沒想到會種出這麼多地瓜。」

「因為你很厲害啊。」

「所以,我就想到和妳商量一下。看誰喜歡地瓜,就幫忙送過去。」

「全部嗎?」

「對不起，我太強人所難了。」

「我可以送一部分給附近的人，有個年紀很大的老婆婆，可能吃不了很多，你要不要和我一起去？」

琪琪想起上次送紅皮鞋的小玉婆婆就住在這條街的街尾。當時，小玉婆婆在煮豆子，所以，她應該也喜歡吃地瓜。

「一起嗎？我在地上走，妳在天上飛嗎？這也未免太悲慘了吧。」

「最近我的掃帚有點問題，所以我和你一起走過去。」

「真的嗎？我就知道找妳準沒錯。」

「你說這種話還太早了，我沒辦法一下子送這麼多。」

然後，兩個人把地瓜裝進袋子裡，扛在肩上走了過去。

「我留在這裡看掃帚就好了。」

吉吉有點鬧彆扭。

咚、咚。

琪琪敲了敲小玉婆婆家的門。

「小玉婆婆，我是魔女宅急便……」

琪琪更用力敲著門。

這時，裡面傳來有氣無力的聲音。

「現在出門了，晚一點——」

琪琪和蜻蜓面面相覷。

「小玉婆婆，妳喜歡地瓜嗎？如果妳喜歡，我就放在門口囉。」

琪琪對著鑰匙孔說。

「啊喲，是地瓜啊。」

這次的聲音比剛才清晰多了，接著，又聽到「啊喲、啊喲，是地瓜。妳送地瓜來，呵呵呵呵，真的嗎？」的聲音。

門慢慢打開了。是小玉婆婆，她好像比上次瘦了一圈，穿著厚厚的棉袍，脖子上用圍巾圍了好幾圈。

「妳不是魔女小姐嗎？上次謝謝妳幫我送鞋子過來，小玉馬上拿去還小梢了，託妳的福，她們又變成相親相愛的小姊妹了。」

「太好了。」琪琪笑著說。

「如果妳喜歡，這些地瓜送妳。」

蜻蜓打開袋子，給她看裡面的地瓜。

「太好了，我肚子餓扁了。因為家裡都沒食物，我感冒了，天氣又冷，出門買東西很麻煩，所以，我正在想乾脆出門好了。來，進來吧，請妳挑兩個大地瓜放在暖爐上。我把火調小了，剛好可以用來烤地瓜。」

小玉婆婆興奮得差點跳起來，然後一屁股坐在床上。

「我從小就喜歡吃地瓜。因為，我之前離家出走，就是躲去地瓜的家裡。以前，每到冬天，大家就在地上挖洞，把地瓜放進去。我離家出走時，就躲在那個洞裡。我用蠟筆在飯廳的牆上畫了好多鬱金香，畫得很漂亮，本來以為大人會誇獎我，結果我媽大發雷霆，還打我的屁股。所以，我就離家出走，去地瓜的家裡，和地瓜睡在一起很溫暖。妳看，隔壁飯廳的牆壁，我畫的鬱金香很漂亮吧？」

小玉婆婆的眼睛像小孩子般轉來轉去，這個家只有一間房間，隔壁根本沒有飯廳。琪琪不知所措的瞥了蜻蜓一眼，但蜻蜓很專注的凝視著老婆婆。

「地瓜烤熟了嗎？」

琪琪用手指戳了戳暖爐上的地瓜。地瓜還很硬，完全沒熟。

「還沒熟吧？地瓜要多花點時間慢慢烤，烤地

瓜最好吃了。最好先用篝火烤熱石頭，再把地瓜埋在石頭裡，蓋上灰……很有耐心的等著，就可以了。這樣烤出來的地瓜很好吃，你們要記得。」

這時，她的語氣又變成了博學多聞的長者。

「等地瓜烤好後，我吃一個，另一個抱在懷裡，代替湯婆子*。我有這麼多地瓜，不怕肚子餓了。兩位，再見了，明年見。」

琪琪和蜻蜓來到門外，輕輕關上門。

蜻蜓說：「那個老婆婆活在自己的時間裡，只屬於她的時間……我種地瓜時，體會到每個人都活在自己的時間裡。地瓜有地瓜的時間，螞蟻有螞蟻的時間。每個人也活在自己的時間裡，思考很多問題，所以，從旁人的眼光看來才會覺得奇怪。」

「小玉婆婆的時間……也對喔……」琪琪喃喃的說。

---

* 冬天放在懷裡用來取暖的熱水袋。

「小玉婆婆出門了，飛回她懷念的童年時光，但不是騎著掃帚，而是騎在我種的地瓜上……我突然感到很高興。」

蜻蜓輕輕點頭，扛著空袋子往回走。

不知道哪戶人家的收音機傳來歌聲：

跑吧，跑吧
一起跑吧
答答答答
多多多答
豎起耳朵吧
一起豎起耳朵吧
鐘聲很快就會響起

「這首歌我知道。這是今年最熱門的馬拉松歌曲。」

蜻蜓朝著聲音的方向看去。

「豎起耳朵吧。」

琪琪像唱歌般大聲叫著。

「豎起耳朵吧。」

蜻蜓也跟著她叫了起來。

「琪琪，妳去年忙壞了。今年的除夕快到了，不會有問題吧？」

「不用擔心。聽說那次之後，市長每天都請鐘錶店老闆檢查鐘塔，很細心的維修大鐘。」

「一起吃地瓜吧。」

蜻蜓配合收音機的音樂唱了起來。

「啊，對了！跑馬拉松的時候，分地瓜給大家吃吧，怎麼樣？」琪琪問。

「嗯，好主意。太棒了。但除夕之前怎麼辦？我家倉庫的門都關不起來了，地瓜可能會結冰。」

「放我那裡怎麼樣？差不多可以放一半吧。我去拜託索娜太太看看。把你種的地瓜分給大家吃，真是太棒了。」琪琪看著蜻蜓說。

14 琪琪，送球鞋

第二天，琪琪一起床，立刻去拜託索娜太太。

索娜太太正在把麵包排列到貨架上。

「在馬拉松大會之前，可不可以把蜻蜓種的地瓜搬來這裡？如果放在外面，怕會結冰。」

索娜太太停下正拿著麵包的手。

「那是地瓜感冒，地瓜感冒的時候，就會『地、地、地——瓜』的打噴嚏喔。」

「索娜太太，妳真搞笑。」

「地瓜也有地瓜語啊，妳可不要小看它們。那裡已經是妳的家，妳作主就好了。」

索娜太太爽快的答應了。然後，突然想起什麼似的問：「對了，可不可以分一點地瓜給我？年底的時候，我們想做一點地瓜麵包，就可以高唱『大家一起吃地瓜麵包』了……呵呵呵。」

「沒問題、沒問題，反正有很多。」

琪琪笑著點頭。

琪琪很快聯絡了蜻蜓，兩個人開始搬地瓜。雖然只搬了一半，也花了大半天。結束時，蜻蜓說：「琪琪，要不要吃冰淇淋？雖然天氣有點冷，但做完體力工作後的冰淇淋最好吃了。」

「好啊。」

琪琪輕鬆的答應了，隨即心頭一震。因為，她回想起夏天時，曾經撞見蜻蜓和蜜蜜神情愉快的吃冰淇淋。

對喔，吃冰淇淋其實就是這麼平常的事，我自己把問題搞複雜了，真不夠大方。

站在冰淇淋店前的馬路上，琪琪故意伸長舌頭，舔著裝在甜筒餅乾裡的冰淇淋。

然後，偷偷瞄了一眼蜻蜓，發現蜻蜓也同樣伸長舌頭舔著冰淇淋。

真開心。琪琪不禁在心裡想道。

蹬蹬蹬。

身旁響起腳步聲。回頭一看，原來有個男生一身運動裝在練習跑步。

男生看到琪琪他們，便揮手，大聲喊：「豎起耳朵吧」。

「這個城市的人對除夕夜的馬拉松很投入耶。」

「我也開始練習好了。」蜻蜓說。

「我也要。」琪琪說，然後小聲的問：「我可以……和你一起跑嗎？」

「嗯，好啊。明天早晨在公園，

每天都要練喔。」

蜻蜓在原地踏步起來。

蹲在暖爐前的吉吉，冷眼看著正捲起袖子做準備的琪琪。

「這麼冷的天氣，妳要去跑步？真辛苦妳了。」

「吉吉，你明天也要去練習。你的腳那麼多，要好好練一練。」

琪琪神情愉快的回答，便打開了門。「咚」的一聲，腳踢到了什麼東西。低頭一看，原來是個包裹，上面用繩子結成了十字。包裝紙上寫著「請看裡面的信」。

「咦？是蜻蜓嗎？」琪琪說。

「啊喲，又是蜻蜓，還真熱絡耶。」吉吉裝出大人的口氣說。

打開包裹，裡面是一雙穿過的小運動鞋，還有一股腳汗味。

「呃，怎麼是這種東西？」

信上寫著：「拜託魔女，請以最快的速度飛來，送到我家。要飛得很快、很快喲。我家住在栲樹路十八號，是飛毛腿送給飛毛腿……」

「我本來還打算在除夕夜之前好好練腿力，不再飛了……」

琪琪一邊說，一邊看著牆上的地圖。

「還好，只隔了三條街而已。如果用最快的速度飛過去，一下就過頭了。我就走路過去好了。不過，蜻蜓在等我，我先去公園，再去送鞋子。」

琪琪重新包好運動鞋，急忙走向門口。

「蜻蜓會陪妳去吧？女人就喜歡陪來陪去的。」

吉吉抬頭打量著琪琪。

「吉吉，你還不是想找貝奇陪你？」

「因為貝奇很可愛啊。」

「你說什麼！」

琪琪生氣的看了吉吉一眼。

「妳快去吧，要遲到了。」

「吉吉真壞。」

說完，琪琪就衝了出去。

蜻蜓正在公園門口等，琪琪把包裹遞到他面前。

「要不要一起跑過去？」

「好啊，信上要求妳以最快的速度，那我們來比賽。」

蜻蜓跑了起來，琪琪也跟在一旁。

一轉進栲樹路，就看到十八號的門口有個小男孩仰望著天空，站在那裡。

「你是飛毛腿嗎？」琪琪大聲問道。

男孩跑了過來，卻突然停下腳步，眼眶中頓時泛著淚光。

「為什麼，為什麼妳不是從天上飛下來的？」

「因為，這裡離我家很近啊。而且，我是用最快的速度跑過來的，我連氣都快要喘不過來了呢。」

琪琪故意更大聲的喘著氣。

「不是啦。」

飛毛腿不悅的搖晃著身體。

琪琪和蜻蜓互看了一眼。

飛毛腿拚命用手擦著眼淚，路過的人紛紛回頭看他們。

「琪琪，那妳就再從空中飛一次送過來吧。」蜻蜓說。

「弟弟，這樣可以嗎？」

「嗯。」

飛毛腿抬起淚眼，用力點頭。

「那你，你等我一下。掃帚出了點狀況，我要先修一下，才能飛得快。會花一點時間，可以嗎？」

「沒關係，我可以等。」

飛毛腿又用力點了點頭。

回家後，琪琪立刻開始修理掃帚。

琪琪心想，我已經振作起來了，所以，也要讓掃帚振作。她想起兩年前，為了這趟修行之旅，自己用柳樹的樹枝做了一把掃帚。因為想讓掃帚漂亮一點，還特地挑選了樹枝的形狀，精心製作了一把。可琪莉夫人卻說，漂亮的掃帚中看不中用，還是帶媽媽用了很多年、滿載著媽媽心意的舊掃帚上路吧。

「我幫忙撿一些樹枝回來，任何樹枝都可以嗎？」

剛才，蜻蜓在一旁問的時候，琪琪很乾脆的回答「麻煩你了」。如今，琪琪終於發現，只要自己渾身充滿力量，就可以感動掃帚。

琪琪把蜻蜓撿回來的樹枝，以及在西山臨時撿的樹枝綁在一起，掃帚尾巴變得特別大。

「大胖子掃帚。」吉吉笑著說。

「要說彗星掃帚啦！長長的掃帚尾巴不是很棒嗎？」

琪琪甩了甩剛做好的掃帚。

「應該可以飛得很快。」蜻蜓說。

「我去去就回來。不好意思，明天再跑馬拉松吧，吉吉，出門了。」

琪琪起飛了，掃帚像箭一樣升上天空。

「掃帚好像心情很好。」琪琪喃喃的說。

飛毛腿站在剛才的地方，仰望天空，擔心的四處張望。

琪琪加速衝了下去。

「這樣可以嗎？」

「太棒了。」

飛毛腿接過包裹，鞠了個躬，就轉身進屋了。

「好奇怪，竟然是飛毛腿寄給飛毛腿……是自己寄給自己嗎？……」

第二天早晨，琪琪一起床就打開門，想看看今天的天氣。結果發現地上有一大堆跟前一天差不多大小的包裹，已經堆成了一座小山。大致估計一下，差不多有二、三十個包裹。

「這是幹什麼！」

琪琪急忙打開其中一個包裹，出現一雙用鞋帶綁著的舊球鞋。裡面附的信上這樣寫道：「盡可能快速飛來送到我家裡。小心不要給別人看到了。我家地址是……」

琪琪嚇了一跳，又接二連三打開了其他包裹，發現每個包裹裡都是球鞋。

每個人都要求最快速，而且要絕對保密。

琪琪打電話告訴蜻蜓：「因為這樣的關係，今天早晨又不能練習跑步了。搬完了一大堆地瓜，現在又要送球鞋了。」

琪琪打開每一個包裹，按照地址的遠近，依次送到客人手上。

「為什麼會這樣？」吉吉問。

「我也不知道啊。」

「人都要穿鞋子，真麻煩。」

吉吉語帶諷刺的說著，陪著琪琪來來回回送這些球鞋。到了傍晚，終於送完了所有鞋子。

然而，第三天早晨，當琪琪打開門時，又看到一座包裹小山。而且，數量比前一天更多。

「好像在玩什麼奇怪的遊戲。」

真是太胡鬧了……琪琪心想。但每個客人都要求保密，她也不便多說什麼。

琪琪皺著眉頭，和昨天一樣來來回回送宅急便。客人送她的謝禮五花八門，有鉛筆，有漂亮的湯匙，還有鞋帶！但這一天，到了傍晚，琪琪仍然無法送完所有包裹。

「琪琪，妳好像很忙，今年年底，有很多禮物要送嗎？」

索娜太太擔心的前來關心。

「對啊，不過好奇怪，都是球鞋，而且都是舊球鞋。不知道是不是在流行什麼遊戲，害我忙得團團轉。」琪琪指著像小山般的包裹說。

「對不起，晚安。」

外面傳來聲音。

索娜太太打開門，發現克里克城的市長站在門口，雙手放在背後。

「琪琪在嗎？」

不知道為什麼，市長竟然垂著眼睛問。

「在、在啊。」

琪琪走了出去，市長的眼睛垂得更低了。

「我想請妳幫我送一樣東西……」

「現在嗎？今天琪琪已經很累了。」索娜太太在一旁插嘴說。

「不，不是今天晚上也沒關係，只要在除夕早晨之前……」

「那就沒關係了。」

看到琪琪點頭，市長先生說「就是這個」，然後，把藏在背後的手拿了出來。

「啊！」

琪琪叫了起來。索娜太太也「噢」了一聲，瞪大了眼睛。

市長先生的手上竟然拿了一雙舊球鞋。

「琪琪，妳該不會不願意送我的吧？」

「不會。但為什麼大家都要我送球鞋呢？」

「咦？妳還不知道嗎？大家都在說，只要讓琪琪把除夕參加馬拉松的鞋子送到家裡，跑起來就可以像飛的一樣快……現在，整座城市都傳開了。」

「啊!?」

琪琪也嚇了一跳。

「也麻煩妳幫我送鞋子，為我的鞋子加持超級魔咒吧……」

琪琪目瞪口呆的注視著市長先生，隨即放聲大笑起來。

「哈哈，呵呵呵呵，哇哈哈哈，討厭，原來是這麼回事。」

「市長先生，連你都要作弊嗎？」

索娜太太用手戳著市長先生。

「不要這麼認真嘛……只是拜託琪琪，就可以帶來好運，這種感覺真讓人高興。」

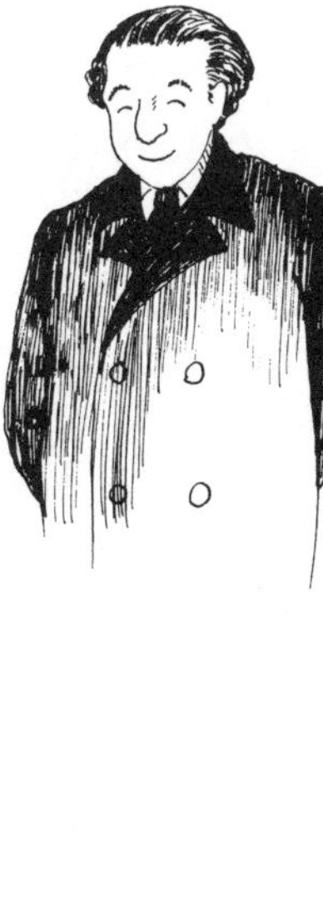

市長先生紅著臉，卻又神采奕奕。

「我好高興。因為，我把幸運帶給那些喜歡馬拉松的人了。」琪琪說。

「好吧……但是，市長先生，你看看，這麼多包裹，裡面都是球鞋。」索娜太太說。

「哇，真厲害，整整兩座山。」

「不，比較大的那堆是地瓜……」琪琪在一旁說道。

「喔，地瓜也有魔咒嗎？吃了地瓜，就可以跑得更快嗎？」

「真傷腦筋，市長先生愈來愈貪心了。」

索娜太太笑了起來。

「這些地瓜是要放在海邊烤，等大家跑完馬拉松後，一起來吃的。」

「對，既然這樣，就請市長先生把馬拉松的終點改到海邊烤地瓜那裡吧。」

索娜太太探出身體建議。

「嗯，這是個好主意。大家一定會追著香味跑。」

市長先生高興的笑了起來，把球鞋遞給琪琪。

「請妳用最快、最快的速度送過來。」

然後，向琪琪眨眨眼，使了個眼色。

除夕那一天，琪琪和蜻蜓從一大清早就忙壞了。

首先，琪琪在白布上寫著「馬拉松的終點請至海邊」，掛在鐘塔上。

然後，在眾人的協助下，把地瓜搬到海邊，用小玉婆婆傳授的方法，在沙灘上挖了大洞，放上石頭，在上面升起篝火，將石頭烤熱後，放上地瓜，最後再用沙子蓋住。好不容易忙完時，天色已經暗了，馬拉松快要開始了。

啊，忘了一件事。琪琪在心裡想道。在琪琪從小生長的城市，除夕夜的晚上都要吃番茄燉肉丸。去年除夕，琪琪回憶著可琪莉夫人的製作方法，獨自在這裡完成了除夕料理。今年卻是吃地瓜，實在是相差了十萬八千里。琪琪不禁笑了起來。

克里克城鐘塔上的大鐘正顯示著子夜十一點四十五分。

廣場上，聚集了許多民眾，人們口中紛紛喊著馬拉松的口號：「豎起耳朵吧！」

兩腳在原地練習跑步，以便十二點一到，就可以立刻出發。索娜太太胸前和背後各戴了一塊布，寫著「大家一起吃地瓜麵包吧！古喬爵麵包店」，她的先生把小諾諾扛在肩膀上，兩個人手拉著手。

琪琪也和蜻蜓、蜜蜜，還有飛行俱樂部的人在原地踏步。水上俱樂部的人也來了。吉吉也在琪琪腳下輪流甩著每一隻腳，正在做暖身運動。

那些委託琪琪送球鞋的人都向琪琪眨眨眼，以示感謝，琪琪也向他們輕輕揮手。

馬拉松的終點
請至海邊

還有，市長先生……啊，看到了，看到了。市長先生自信滿滿的跳著，大聲的說：「大家跟我來，大家跟我來。終點在克里克灣的海邊，香噴噴的烤地瓜在終點等我們！」

時鐘的時針指向十二點，同時發出了響亮的鐘聲。鐘錶店的老闆興奮得在鐘塔上拍手。

「哇——！」

「哇——！」

歡呼聲像煙火般升上天空，黑壓壓的人群開始跑了起來。

15 琪琪，送湯婆子

「嗯——」

琪琪發出睡意矇矓的聲音，拉了拉被子，再度鑽了進去。冷颼颼的空氣從被子的縫隙鑽了進來。

「好冷。」

琪琪蜷縮著身體，張開眼睛。

「琪琪，妳不要動來動去的，好冷。」

躺在琪琪背後的吉吉急忙逃到腳邊。

「誰打開了窗戶？」

琪琪抬頭張望。窗戶像往常一樣關得好好的，琪琪打開了收音機。

「各位早安。」

收音機裡傳來廣播的聲音。

「各位聽眾請注意，雖然春天的腳步愈來愈近，但從氣象臺創立以來的首次冰颱風劈哩啪啦正逐漸接近克里克城。劈哩啪啦颱風的風勢雖然不大，但夾帶了許多冰塊，是個異常低溫的颱風，正值感冒流行季節，請各位多加提防。以上是今日的氣象預報。」

「難怪這麼冷……」

琪琪翻身下了床，渾身打著哆嗦，連手指都凍僵了。

「真不想起床，如果可以冬眠就好了。」

琪琪把手腳放回被子裡，身體縮成一團。

吉吉從琪琪的腳下慢慢爬了上來，舔了一下琪琪的額頭。

「不行，要起床啦。」

「你真難得這麼勤快。再睡一下吧，吉吉，你就當我的湯婆子好了。」

琪琪拉著吉吉的尾巴，把牠抱在懷裡。

「不要啦，我喘不過氣了。」

吉吉掙脫琪琪的手，逃出被子。

「啊啾！」

牠打了個噴嚏。

無奈之下，琪琪也只好慢吞吞的起了床。她渾身發抖的穿上衣服，打開衣櫃，拿出一件厚毛線背心。

「好羨慕妳，可以穿那麼多件衣服。我只有父母給我的這身毛皮和肚圍。」吉吉說著，用沙啞的聲音吹著口哨。

「啊喲，嘴上說冷，竟然還吹口哨，心情很好嘛。」琪琪說。

「才不是心情好，這樣可以把身體裡的冷空氣趕出去。」

「你這叫自我催眠。」

琪琪皺著鼻子笑道。

鈴鈴鈴鈴、鈴鈴鈴鈴。

電話響了。

「不會吧，這麼冷的天氣，竟然有工作上門。」

琪琪探頭看著窗外。

馬路上空無一人，每戶人家的窗戶上都結滿冰塊，一派冰天雪地的景象。

鈴鈴鈴鈴。

電話響個不停。

琪琪拿起電話。

「這裡是魔女宅急便，今天天氣好冷。」

電話裡的聲音沒打招呼，就突然說了起來。

「可不可以請妳送一個湯婆子給我兒子？」

「好、好啊。」

「我兒子很怕冷，很容易感冒。現在一定凍壞了，我好擔心、好擔心。現在應該還沒有開始上課，請妳趕快把湯

婆子送過去，讓他放進毛衣裡取暖。我家住在蘆葦路三號，我兒子在克里克第二小學讀一年級，名字叫尼歐。拜託妳！」

說完，對方就掛了電話。

「要送湯婆子……去學校……」琪琪嘀咕道。

迎面吹來的冷風好像無數根針刺進身體。

「我快變成冰魔女了。」

琪琪對躲在背心裡的吉吉說。

「天氣這麼冷，感覺好可怕。」

吉吉說，牠的聲音也像變成冰塊般硬邦邦的。

琪琪從尼歐的媽媽手上接過湯婆子，急忙趕往克里克第二小學。

琪琪站在入口向一年級教室內張望，頓時停下了腳步。個子矮小的一年級生嘴裡發出「嗚呼呼呼——」「咘嚕嚕嚕——」的聲音。搓著手，跺著腳，渾身發抖。甚至有人哭喪著臉，喃喃叫著：「好冷、好冷喔。」咳嗽聲此起彼落，大家都凍壞了。在這種情況下，琪琪實在無法把湯婆子交給尼歐。

「啊，是魔女姊姊！」其中一個人叫了起來。

「可不可以請妳用魔法讓這裡暖和起來？」另一個小孩子問。

「快點啦。」

琪琪立刻用力點頭。

「好，讓大家都暖和暖和。快告訴我，你們哪裡冷？」

「手。」

「全身，從頭到腳。」

「哇，從頭到腳都冷啊？好，那我就想辦法趕快讓你們暖和起來。」琪琪說。

「我有一個好主意，大家把身體裡的冷空氣趕出來。」

「怎麼趕出來？」

「吹口哨啊。」

吉吉訝異的抬起頭。

「可惡，竟然學我。剛才不是還不以為然嗎？」

「姊姊用湯婆婆吹口哨，大家也一起吹，就可以把身體裡的冷空氣吹出來了。」

琪琪飛到校園空地，倒掉裡面的熱水後，又回到教室。

然後，在所有小朋友面前，用力吸了一口氣，再把嘴唇放在湯婆子的口上用力吹了起來。

噓嗚嗚嗚嚕

吹出的長音好像一條發抖的線。

「大家也一起吹，要吹得長長的喲，準備好了嗎？預備，開始。」

每個小朋友都嘟著嘴吹了起來。

嗶——嚕——咻——

小嘴巴紛紛發出各種不同的聲音。

「要吹得更長、更長，看誰可以吹得最長最長。吹完後，再來一次。再吹完後，還要再來一次。」

琪琪喊完口號，又對著湯婆子吹了起來。吹了一次又一次口哨。每個人都用力吹，小臉蛋漸漸紅了起來。

「有沒有把冷空氣吹出來？」

「嗯，有，有！身體變溫暖了。」

小朋友興奮得跳了起來。

琪琪鬆了一口氣。

「姊姊要回去了，覺得冷的時候，要記得吹口哨。再見！」

琪琪轉身準備離去，這時，身後傳來可愛的聲音。

「魔女姊姊，天冷的時候，要記得再來喔。」

琪琪回到尼歐的家裡，將湯婆子交給尼歐媽媽後，把學校的事一五一十的告訴了她。

尼歐媽媽一邊聽，一邊頻頻點頭。

「我真的太大意了，只想到自己的孩子。魔女小姐，真的太感謝妳了。」

琪琪鬆了一口氣。剛剛飛在天空中時，渾身僵硬，彷彿整個身體都結冰了，如今漸漸有了暖意。

尼歐媽媽遞了一包餅乾給琪琪，說：「這是我親手做的，加了很多雞蛋和牛奶。天冷的時候，要多攝取營養。」

琪琪回到家裡，又立刻接到了電話。

「喂，可不可以請妳幫我送十六個毛線帽？就在北山……」

「呃……好。」

「我家裡的人去伐木了，但天氣這麼冷，工作的時候，頭要是著涼了，對身體很不好。不過，這個城市有魔女，真是造福大家。」

「……」

琪琪忍不住屏息看著窗外。天空霧茫茫的，好像也都結了冰。

「那就拜託妳囉。」

對方在電話中重複了三次地址，才掛上電話。

「哇哇哇哇，怎麼辦？我也覺得很冷啊。」琪琪很不甘願的說。

「既然是別人拜託，妳就只能認命啦。」

吉吉用尾巴敲著地面，一副大人的樣子點頭說。

前往北山的路上寒風刺骨，身體的動作也不靈活了。在風中穿梭的掃帚也發出「咻——咻——」的尖銳聲音，好像在哀號。「我是湯婆子，這樣妳會不會覺得溫暖一點？」躲在大衣裡的吉吉也瑟瑟發抖。

那些伐木的工人收到十六個毛線帽後，都顯得十分高興。

「只要頭著涼，渾身就會著涼；只要頭溫暖了，心情就會暖洋洋。魔女小姐，太感謝了。」

伐木工人用長滿繭的手和琪琪握手。

琪琪飛上天空後，回頭一看，在一片枯黃的樹林中，五彩繽紛的帽子猶如盛開在山上的花。這幅景象又為琪琪冰冷的身體注入了一股暖流。

之後，電話一通接一通的打來，琪琪完全沒有喘息的機會。

「喂，請幫我送熱湯給爺爺。」

「請將藥劑噴霧送到我孫子家。」

「請幫我送保暖褲給正在克里克灣捕魚的爸爸。」

「送手套給動物園的猴子奶奶。」

「送圍巾給公車司機。」

當客人收到琪琪送的東西，每個人都說「有魔女在這個城市，真是造福大家」，琪琪的身體也漸漸的、漸漸的溫暖起來。

送完所有的東西時，太陽早就下山了。

寒意愈來愈深。

「看到大家這麼高興，比抱著湯婆子還溫暖。」琪琪神采飛揚的說。

「克里克城多虧有魔女琪琪造福大家，有貓協助魔女，可以造福更多人……對吧？」

吉吉也語帶興奮的說，話音剛落，黑色的鼻子抖了幾下，連續打了好幾個噴嚏。

「唉喲、唉喲，吉吉感冒了嗎？」

琪琪抱著吉吉，把牠放進背心裡。

「去喝一杯媽媽特製的暖暖茶。不知道冰颱風的情況怎麼樣了。」

琪琪泡完茶，打開收音機。

「插播一則關於颱風劈哩啪啦的最新動態。劈哩啪啦颱風將直接向克里克城撲來，請各位市民儲存糧食。同時，這一波的流行性感冒來勢洶洶，郊區傳來有罹患肺炎的鳥從空中掉落的消息。在颱風過境之前，所有學校都將停課。啊啊——啊啾，啊啊——啊啾，十分抱歉。以上是這一節的插播新聞。」

「大家都感冒了……」

琪琪笑著縮了縮脖子。

「吉吉，趕快上床睡覺，好好休息。吉吉，咦？吉吉，你去哪裡了？」

琪琪走去廚房張望。

「奇怪了，吉吉剛才還在打噴嚏，現在又去哪裡了？」

琪琪把喝了一半的茶杯放在桌上，四處尋找著。

鈴鈴鈴鈴。

電話鈴響了。

「這麼晚了，又有工作嗎？」

琪琪嘟著嘴，接起了電話。

「喂喂，喂……」

電話裡傳來一個奇怪的聲音。

「這裡是魔女宅急便。今天的天氣真冷。」

「琪琪嗎？」奇怪的聲音問。

「咦？不是蜻蜓嗎？你怎麼了？聲音好可怕。」

「我喉嚨啞了。琪琪，妳還好嗎？」

「雖然冷得發抖，但還好啦。」

「我感冒了。蓋著被子，用了三個湯婆子，但還是渾身發抖。啊啊啊——啾，琪琪，妳沒生病吧？我怕萬一妳感冒了，又沒有人照顧妳，所以有點擔心，實在放心不下，啊啊啾，真受不了這個鬼天氣。」

聽到蜻蜓的聲音，琪琪原本冷冷的雙腳突然溫暖起來，暖流頓時傳遍全身。琪琪拿著電話，另一隻手從一旁的櫃子裡拿出袋子，打開一看。

「啊，太好了。我之前曾經告訴你，我媽媽是做噴嚏藥的高手。這種魔女藥對感冒也很有效，我現在幫你送過去。」

「魔女的藥？好厲害。但、但是……妳還是留著吧，萬一妳生病了……」

「沒關係，還有兩人份。只要吃了藥，就會感覺很舒服了。嗯，你家是在雞腸草街吧？」

「對，雞腸草街六號，很遠耶。」

「掃帚已經修好了，沒關係，我馬上過去。」

琪琪從袋子裡拿出藥，分成兩包。

雖然剛才說有兩人份，但其實只有一人份多一點而已。

「我身體很好，不會有問題的。」

琪琪用雙層紙包好後，放進了口袋。

琪琪急急忙忙穿上大衣，大聲叫著「吉吉，我出去一下」，一到門口，就立刻飛了起來。或許是心理作用吧，燈火闌珊的克里克城宛如冰塊般閃閃發光。

一到蜻蜓家，琪琪立刻將藥包交給蜻蜓的媽媽，說：「這是感冒藥，請配熱水喝。」便轉身回家了。天空的空氣格外冰冷，身體的動作也跟著格外遲鈍。

她想要叫「吉吉」，凍僵的嘴巴卻發出「希希」或是「提提」的聲音。隔了好一會兒，身體才像是融化般變得柔軟。

「喵嗚。」

吉吉用爪子勾著窗戶，跳了進來。

「這麼冷的天氣，你跑去哪裡了？趕快把窗戶關起來。」

琪琪轉頭大聲說道。

「出去轉一轉。」

吉吉揉著鼻子說。

隨即「啊啊啊啊啾」，打了一個大噴嚏。

「哈哈，我知道了……一定是去找貝奇了。」

琪琪扮著鬼臉，瞪著吉吉。

「因為我有點擔心嘛。」

吉吉不好意思的又打了一個噴嚏。

「貝奇怎麼了？」

「很好啊。」

吉吉在嘴裡嘀咕道。

「吉吉真體貼，但我倒是擔心你。我怕你感冒會加重，所以，吃一點媽媽的藥。太好了，剩下的藥剛好夠你吃。」

琪琪拿起放在桌上的藥。

「只剩這麼一點了？如果我喝完了，萬一妳感冒了怎麼辦？」

「你真善良，但是沒關係，我身體很好。蜻蜓得了重感冒，所以我剛才把藥送過去給他了。」

吉吉上下打量著琪琪。

「琪琪，妳不也很體貼嗎？還特地送藥給蜻蜓。」

「呵呵呵呵。」

琪琪低頭笑了起來。

「因為……如果魔女缺少一顆體貼的心，就只剩下這身黑衣服了。」

「魔女貓缺少了體貼的心，就只剩下一身黑毛皮了。」

琪琪和吉吉互看了一眼，吃吃吃笑了起來。

16 琪琪，帶種子到克里克城

「喔喔，我們家的小琪琪回來了，而且還下定決心，要挑戰做藥嗎？」

歐其諾瞇著眼睛，看著並排站在門前的琪琪和吉吉。

「對啊，我可是下了很大、很大的決心。我已經不是小琪琪了。」

琪琪踮起腳。吉吉也慌忙豎起尾巴。

「哇，真是太誇張了。決定這種事，沒什麼好張揚的。」

可琪莉夫人皺著眉頭，走到琪琪身旁，欣喜的抱住她的肩膀。

「妳回來了，媽媽等妳好久了。」

琪琪把頭靠在可琪莉夫人的胸前。

「我很喜歡宅急便的工作，真的很快樂。我打算繼續做下去……但我覺得自己既然是魔女，應該挑戰一下用心製作的東西……很奇怪吧？我竟然這麼認真……」

琪琪突然覺得眼角溼溼的。

歐其諾從椅子上站了起來，走到琪琪身旁。

「要不要玩一玩舉高高啊？好久沒玩了吧？」

然後，立刻把琪琪抱了起來，像小時候那樣開始打轉。

「爸爸，不要啦。」

琪琪扭著身體笑了起來。

闊別一年才團聚的感動平靜下來後，琪琪和吉吉在椅子上坐了下來，可琪莉夫人為他們泡了暖暖茶。

「琪琪，妳記得真清楚，特地選在今天回來。」

「啊？記得什麼？」

「咦？妳不是因為這個原因才回來的嗎？」

「沒有啊。我前天晚上看到快滿月了，突然很想回來。所以，向索娜太太打了聲招呼，就回來了……」

「噢，真是太不可思議了。魔女的血液簡直有招喚的力量……」歐其諾說：「原來，很多事就是這麼運作的……」

可琪莉夫人點點頭，看著琪琪。

「琪琪，噴嚏藥必須在春分前的滿月之夜開始製作。這是很久很久以前就規定的，明天剛好就是這個日子，我還以為妳是算好日期回來的。」

「是喔？我完全不知道……只是，我

以前因為是魔女，沒有費太多工夫就學會了飛行，我也一直樂在其中，但我在信上也寫了，不知不覺中，竟然也傳遞出不好的東西，讓我完全喪失了自信。我是個菜鳥魔女，很希望能夠把自己的真心投入在某一件事。一旦做到，就可以擺脫這種不安，結果，看了媽媽的信，就決定要學做噴嚏藥了。」

「以前，我每年都叫妳學，妳因為怕麻煩，每次都拒絕。如果心不甘情不願的做魔女藥，就不會有效果。必須喜歡製作噴嚏藥——這份心意最重要，所以，我才沒有勉強妳非學不可。」

「嗯，我知道。我也不懂自己以前為什麼不想學，但現在我真的很想學。我不是隨隨便便決定的，我真的很想很想學，連我自己都覺得不可思議。」

琪琪看著坐在她面前的可琪莉夫人和歐其諾。

「今天，有一股巨大的力量騎著掃帚，從可琪莉夫人身上傳達給琪琪了，爸爸可以感受到喔。」

「巨大的力量？」

琪琪皺著眉頭。

「琪琪，妳也可以慢慢的、慢慢的體會。」

可琪莉夫人的雙眼似乎看著遙遠的地方。

「明天晚上十二點開始，妳先好好休息吧。」

「好。」

琪琪面色凝重的點了點頭。

晚餐後，客廳裡飄著咖啡香。那是歐其諾最喜歡的，帶有一點焦味的咖啡香味。暖爐裡的柴木發出熊熊火光。芳香、聲音和顏色，都和琪琪小時候所感受到的一模一樣。每扇窗戶都關得密密實實，似乎在保護著這份溫暖。眼前的一景一物都令人感到陶醉。

琪琪在沙發上伸長雙腿，瞇起眼睛，用全身享受著這份舒服的感覺。但在她內心的角落開了一扇小窗，可以從那扇小窗看到克里克城。

我從這個家以外的世界稍微回來一下，是回來作客的。眼前的情景愈令琪琪感到懷念，這種想法就更加強烈。

「琪琪，妳不能睡著喔。」

吉吉用前爪拍了拍差點仰著頭睡著的琪琪。

「快十二點了。」

「我知道。」

琪琪努力張開快要闔起來的眼皮。

門外傳來腳步聲。

「啊，是可琪莉夫人。」

吉吉豎起耳朵。琪琪急忙打開通往庭院的門，雖然已經是春天了，但迎面撲來的空氣卻很冷。

「喔噢，好冷。」琪琪縮了縮脖子，看著天空，說：「咦，根本沒有月亮嘛。」

「在那裡啦。」可琪莉夫人說。

她手上拿著兩個淺淺的大竹篩站在那裡，接著轉身看著房子後方，滿月的銀色月光灑滿地。在這片月光的襯托下，天空看起來格外的高。

「妳開始修行之旅的那天晚上，月亮也和今天一樣美。好了，我們要開始『淨種』了。」

「淨種？」

「咦？妳忘記了嗎？就是用月光淨化藥草的種子。」

「啊，我想起來了，好像還會唱一首呢哇呢哇的奇怪的歌。」

「妳啊……竟然被妳形容成呢哇呢哇，太過分了……是茜草、根種草、種粒草、頭草、眼珠草……」可琪莉夫人低聲吟唱道。

「對，就是這首。但是現在聽起來的感覺好像不太一樣，似乎很適合月光。」

琪琪說著，也輕輕跟著唱起「茜草、根種草……」。

「妳小時候常說這首歌像是妖怪的歌，一直吵著要我改成其他的歌，改成鏘鏘卡鏘的歌……」

「好奇怪，今天晚上卻覺得這首歌特別好聽。」

「琪琪，妳慢慢長大了。好了，開始吧。」

可琪莉夫人將手上的竹篩放在草地上。

「首先是種子。必須在盛夏的時候，割下十二種藥草。這時候想留多少下來，就留著不要割，讓這些草長到秋天，就可以結出種子。這時候，必須傾聽內心的聲音，感受到底該留下多少的量，不能貪心。去年，我特別多留了一點……當時，我連自己也感到納悶，結果，現在就有剩餘的量可以分給妳了。」

「咦，這麼說，藥草早就知道我會來嗎？在我自己都不知道的時候，就已經知道了嗎？」

「也許吧。」

可琪莉夫人看著庭院外的藥草田。

「太可怕了。」

琪琪忍不住嘀咕了一聲，仰望著天空。

「要開始囉。這是妳的份。」

可琪莉夫人從肩上的大布袋裡拿出十二個小布袋，連同竹篩一起交給琪琪。布袋上用紅色的線繡著種子的形狀和名字。

「這些布袋明年還可以用，要好好保存。」

可琪莉夫人跪在草地上，將竹篩放在前面。琪琪也同樣坐了下來。

「根據歌中唱到的藥草名，按照順時針的方向，在竹篩六點到十一點的位置，依次放上六種藥草。這叫晨藥草。十二點到五點是夜藥草，也有六種。記住了嗎？好，開始囉。」

可琪莉夫人輕輕唱著歌，開始放種子。

從晨藥草開始，
茜草
根種草
種粒草
頭草
眼珠草
藤種草
接下來是夜藥草，開始囉

貓眼草
麻雀眼草
妹妹草
箭草
咕咕草
箭草花

「這就是十二種藥草，琪琪，記住了嗎？」

琪琪說著「箭草花」，放好最後的種子後，說：「嗯，記住了。」

「哪一個是貓眼草？」

吉吉在一旁伸長脖子，看著竹篩。

「在十二點的位置。」

琪琪輕聲告訴牠。

「搞什麼嘛，只不過是普通的種子，我還以為長得像我的眼睛呢！」

「對，雖然只是普通的種子。不過，卻很神奇喔。」琪琪故意驕傲的說。

圓圓的月亮將四周照得一片明亮，把所有的東西都映照得十分清晰，並在後方拖著深深的陰影。排在竹篩上的每一種種子，都留下了很深的陰影。

「太完美了，很少有這麼美的滿月。今年一定可以種出很好的藥草。」

可琪莉夫人滿足的仰頭看著天空，緊握雙手，閉上眼睛。琪琪也模仿著可琪莉夫人的動作。琪琪彷彿感覺到隨著〈淨種歌〉，月亮也化為無數條發光的線注入了自己的身體，感覺好舒暢。琪琪下定決心，要永遠記住這種感覺。

茜草、根種草、種粒草……

琪琪輕聲唱著，張開眼睛，看了看身旁的吉吉。吉吉也閉著眼睛，抬頭挺胸坐在那裡，宛如一尊黑色石雕。琪琪慌忙閉上了眼睛。

這時，琪琪很想趕快知道可琪莉夫人說的「製作東西時的感覺很不可思議。雖然是自己做的，但其實不是自己做的」這句話的真正意思。

「淨種儀式順利嗎？」

早餐的時候，歐其諾問。

「對，昨晚的月亮特別美……」

「爸爸，你也應該一起參加的，心情會很暢快喲。」

「不行，爸爸不能加入。」

「什麼？」

琪琪突然有一種奇特的感覺，好像自己做錯了事。

「很遺憾，這是規定。」

「對啊，別人不能看。要記住喔！」可琪莉夫人很果決的說。

「這樣做出的藥才會靈。就是這麼回事。」歐其諾說。

「琪琪，妳要好好記住我接下來交代的事。」

可琪莉夫人注視著琪琪。

「種子經過淨化後，要在春分那天早晨六點，為晨藥草播種；夜藥草要在晚上六點播種。接下來的十三天，每天都要在和播種相同的時間澆水。即使下雨也要澆水。

在八月立秋的那一天，天氣最熱的時候割下來。晨藥草要在早晨六點，夜藥草要在晚上六點收割。第二天，把葉子、根、莖都切碎，放進銅鍋裡，用小火慢慢焙炒。家裡有一個多餘的鍋子，我送妳，妳帶過去吧。要不時用鍋鏟的底敲一敲，藥草就會愈來愈細，最後變成粉末。之後，就可以熄火，用葡萄酒啪、啪、啪淋三次，這時候的味道特別香。這就是噴嚏藥。接著，裝在廣口瓶裡保存，有人感冒了，就用紙包一次的份給他。知道了嗎？」

「嗯，但是……一次份是多少？」

「憑當時的感覺就好。」

「媽媽說得這麼含糊，我怎麼知道？」

琪琪不安的看著可琪莉夫人，露出撒嬌的表情。

「沒關係，妳會知道的，不會多也不會少。」

可琪莉夫人輕輕拍了拍琪琪的肩膀，繼續說：「接著，是第二年的種子……在割草的時候，不是有留下一部分嗎？在十月十五日的晚上割下來後，取下種子，分開後晒乾，在淨種之夜以前，都要保存在漆黑的地方。這就是製作藥的所有過程，不會很難吧？」

可琪莉夫人把手放在琪琪的下巴上，轉過她的頭來，探頭看著琪琪。琪琪看著可琪莉夫人的眼睛說：「不知道能不能做出和媽媽一樣的噴嚏藥……」

可琪莉夫人很明確的回答：「琪琪的藥和媽媽的不一樣，因為，那是琪琪做的啊。」

琪琪張大了眼睛，露出納悶的眼神，好像在問「什麼？」。

「我之前就聽媽媽說過，好像真的很複雜。」歐其諾說。

「我喜歡貓眼草和妹妹草。」吉吉說。

「琪琪的藥……好棒、好棒哦。」琪琪一個人嘀咕著。

了解噴嚏藥的製作過程後，琪琪突然開始擔心以後的事。

「我回克里克城後，要把這些種子種在哪裡？那裡……根本沒有田。」

琪琪想到蜻蜓家的後院，以及專門製作樹木歌聲的密茲南先生在山裡的空地。目前，她只能想到這兩個地方。

「一定會有辦法的。一定會找到地方。」可琪莉夫人說。

「但春分快到了。這些種子需要多大的地方？」
琪琪拿起放在桌上的種子布袋。
「琪琪，這要由妳決定。」
「啊？我決定嗎？這怎麼可能。克里克城很大，人口也比這裡多很多，如果像前一陣子那樣感冒大流行就傷腦筋了。大家都想要噴嚏藥，但根本找不到那麼大的田。」
「不用擔心，一定可以找到適當的地方。找到時候妳就會感覺到，這就是最適合自己的田。」可琪莉夫人笑著說道。
「哪有這麼簡單？萬一不夠怎麼辦？如果有人想要琪琪的藥，我怎麼可能拒絕？所以當然要多做一點。」
「不要著急，不要擔心。去年，留下的種子特別多，媽媽還覺得很納悶呢。在淨種的時候，媽媽也告訴妳了，現在才知道，原來是妳會回來。回想起來，很多事情都很不可思議，但事情就是這樣。即使今年多了，明年可能少了，一加一減剛剛

好。」

「是嗎？那就是說，即使什麼事都不用做，事情也會很順利，很簡單嘛。」

琪琪的表情立刻變得開朗。

「妳看妳看，我就知道妳會這麼想。」

可琪莉夫人顯得很無奈。歐其諾輪流看著這對母女。

「我不是說什麼都不用做，而是說，有一份感受的心很重要。為此，每天的生活必須充實、充滿活力，這樣，就可以培養魔女的智慧。」

「魔女的智慧？我沒有自信。我可以嗎？」

「那不是什麼高深的學問，琪琪，妳一定沒問題的。不必患得患失，要多觀察。多留意周圍的風景，還有自己的內心。即使是肉眼看不到的東西，也要注意觀看，妳就會找到方向。」

「真的嗎？」

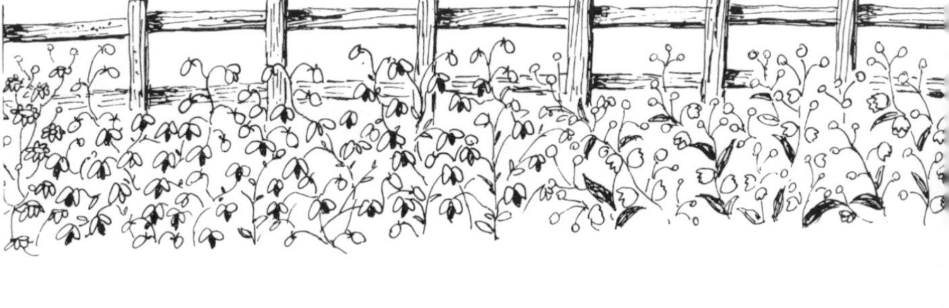

「因為，大家都需要妳。」
可琪莉夫人明確的用力點頭。歐其諾在一旁輕輕握住琪琪放在桌上的手。

「什麼、什麼，田？」
索娜太太用力喘著氣。懷著小寶寶的肚子也跟著她上下起伏著。
「開了店之後，又要找田，魔女也擴大事業版圖喔？呵呵呵呵。妳要多大的田？」
「我也不清楚，要看了才知道。」
「嗯，也對、也對。」
索娜太太點著頭，但還是露出困惑的表情。
「琪琪！」
才剛聽到叫聲，蜻蜓就衝了進來。
「妳的好朋友來了。歡迎、歡迎。」
索娜太太舉起手。
「琪琪，關於妳提到的田，去北山的時候，不是有一個開口丘嗎？妳覺得那裡怎麼樣？」

「嗯，我知道，那座山好像一頂帽子……」

琪琪回想起以前曾經多次飛過的那座山。

「對喔……」

看到琪琪點頭，索娜太太慌忙搖手。

「那裡太遠了。琪琪，妳的宅急便要怎麼辦？那裡的話，最多只能幫兔子送一朵花給松鼠。當然，那也沒什麼不好。但是，妳要住在哪裡？事情才沒有那麼簡單，而且，我也沒辦法陪妳，沒辦法每天見面了。」

「……」

琪琪沉默不語。她想像著藥草在那裡成長的情形，的確會很美，藥草會長得很茂盛，但似乎和琪琪心裡想像的感覺不太吻合。她無法用言語形容，琪琪心想，這或許就是魔女的智慧吧。

「這座城市裡很難找到田。」

蜻蜓似乎在力挺自己找到的地方。

「對喔。」

琪琪似乎有點動心了。

「這樣，我會很寂寞。」索娜太太說。

琪琪的心頭隱隱作痛。因為，她覺得以前太依賴索娜太太了，很想趁這個機會開始獨立生活。但其實她和索娜太太一樣，覺得分開生活會很寂寞。

「真是的，這個城市的每條路都以草和樹木來命名，假裝是個待人親切的城市，卻連一小塊空地都無法提供給琪琪……市長到底在幹什麼！真讓人生氣。」

索娜太太生氣的嘟起嘴巴。蜻蜓聽了索娜太太這番話，立刻露出恍然大悟的表情。

「馬路！」

「你說什麼？」索娜太太問。

琪琪也看著蜻蜓。

「就是前面的馬路啊！」

蜻蜓打開門，衝了出去，索娜太太也跟著跑了出去。

「啊，真的耶……」她大聲歡呼起來。

「琪琪，這裡很適合。」

「對，就把藥草種在馬路兩側吧。」

蜻蜓的聲音興奮得發抖。

這裡？古喬爵麵包店的門口？

琪琪瞪大眼睛，她根本沒想到。

琪琪來到這座城市時，這裡還是一片泥土地，經常長滿許多雜草。夏天的時候，她還曾經和索娜太太一起割過草。半年前，馬路重新整修了，馬路的兩旁設置了花圃。聽說，最近就要種上花草，並用這種花草的名字來為這條路命名。

「對啊，這裡很適合。」

「嗯，很棒，真的太棒了。」

索娜太太和蜻蜓爭先恐後的說。

「我去拜託市長先生，他一定會答應的。因為，琪琪幫過他不少忙。」

索娜太太拍了拍蜻蜓的肩膀，兩個人欣喜若狂，好像真的已經決定了。

「哼——！」吉吉不滿的抗議：「琪琪，不是應該由妳自己決定嗎？」

琪琪走到馬路上，看著馬路的兩側，想像著到了春夏季節，這裡一片充滿宜人芳香的藥草的情景。香味一定會隨著風飄過來。

「這些藥草長得真好。」

「這種草叫什麼名字？」

「真香。」

「這些花好漂亮。」

到時候，自己在整理藥草時，和人們之間的這種交談一定充滿樂趣，同時也可以繼續宅急便的工作。更重要的是，琪琪愈看愈覺得這是最令她滿意的地方，就像找到了一把對的鑰匙，順利的打開門一樣。

「藥草路，藥草路。」

不知不覺中，琪琪獨自呢喃著。

「對，沒錯，這裡就叫藥草路，就這麼決定了！」

看著琪琪，等待她做出決定的索娜太太和蜻蜓異口同聲的歡呼了起來。

「嗯，這個主意很好。藥草路，聽起來真美。而且，琪琪會負責整理，我更放心了。」市長先生欣然答應了。

春分的日子到了。清晨六點，琪琪一邊唱著歌，一邊為晨藥草播種。

茜草
根種草
種粒草
頭草
眼珠草
藤種草
用月光清淨過的藥草
回到了泥土中，哈哈
要吸十天加三天的水
快快長大，哈哈

到了傍晚，琪琪又唱著歌，為夜藥草播種。

貓眼草
麻雀眼草

妹妹草
箭草
咕咕草
箭草花
用月光清淨過的藥草
回到了泥土中，哈哈
要吸十天加三天的水
快快長大，哈哈

那一年的秋天，冷冷的風從北山吹來，城裡到處可以聽到「啊啾」、「啊啾」的聲音時，在「魔女宅急便」的牌子旁，又掛了一塊新的牌子。

歡迎索取噴嚏藥

魔女琪琪

小麥田

故事館77

魔女宅急便2琪琪的新魔法

魔女の宅急便2キキと新しい魔法

作　　者　角野榮子
繪　　者　廣野多珂子
譯　　者　王蘊潔
封面設計　莊謹銘
校　　對　呂佳真
編輯協力　沈如瑩
責任編輯　汪郁潔

國際版權　吳玲緯　楊靜
行　　銷　闕志勳　吳宇軒　余一霞
業　　務　李再星　李振東　陳美燕
總 編 輯　巫維珍
編輯總監　劉麗真
事業群總經理　謝至平
發 行 人　何飛鵬
出　　版　小麥田出版
115台北市南港區昆陽街16號4樓
電話：(02)2500-0888
傳真：(02)2500-1951
發　　行　英屬蓋曼群島商家庭傳媒股份有限公司
城邦分公司
115台北市南港區昆陽街16號8樓
網址：http://www.cite.com.tw
客服專線：(02)2500-7718｜2500-7719
24小時傳真專線：(02)2500-1990｜2500-1991
服務時間：週一至週五09:30-12:00｜13:30-17:00
劃撥帳號：19863813　戶名：書虫股份有限公司
讀者服務信箱：service@readingclub.com.tw
香港發行所　城邦（香港）出版集團有限公司
香港九龍土瓜灣土瓜灣道86號順聯工業大廈6樓A室
電話：852-2508 6231
傳真：852-2578 9337
馬新發行所　城邦（馬新）出版集團 Cite (M) Sdn Bhd.
41-3, Jalan Radin Anum,
Bandar Baru Sri Petaling,
57000 Kuala Lumpur, Malaysia.
電話：+6(03) 9056 3833
傳真：+6(03) 9057 6622
讀者服務信箱：services@cite.my
麥田部落格　http://ryefield.pixnet.net
印　　刷　漾格科技股份有限公司
初　　版　2020年7月
二版2刷　2024年6月
售　　價　360元

ISBN 978-957-8544-34-5
本書若有缺頁、破損、裝訂錯誤，請寄回更換。

國家圖書館出版品預行編目資料

魔女宅急便. 2, 琪琪的新魔法／角野榮子作；廣野多珂子繪；王蘊潔譯. -- 初版. -- 臺北市：小麥田出版：家庭傳媒城邦分公司發行, 2020.07
面；　公分. --（故事館；77）
譯自：魔女の宅急便. 2, キキと新しい魔法
ISBN 978-957-8544-34-5（平裝）
861.596　　109007412

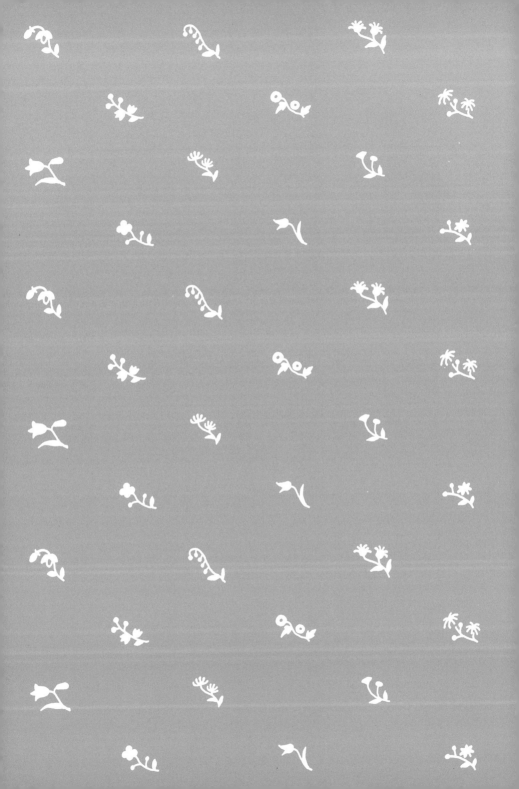

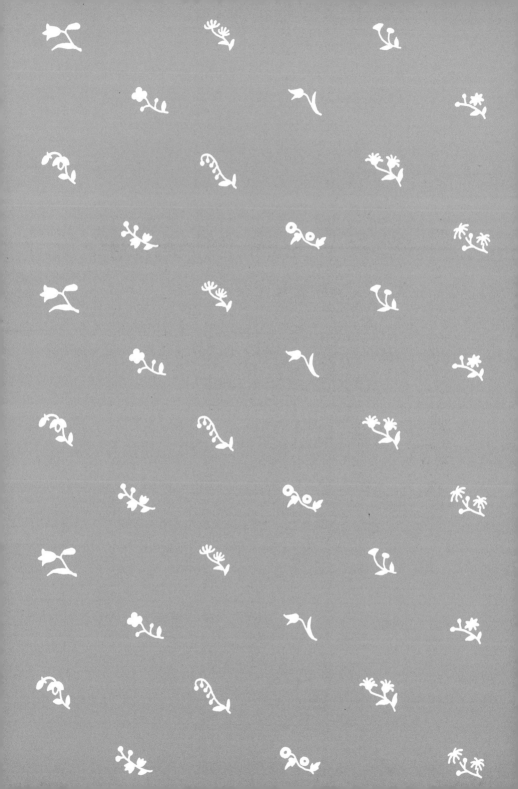